PAPA, J'AI ENCORE RATÉ L'AMOUR

W0369724

CHRISTEL NOIR et JULIA NOIR

Papa, j'ai encore raté l'amour

ROMAN

JC LATTÈS

© Éditions JC Lattès, 2004.
ISBN : 2-253-09948-1 - 1re publication - LGF
ISBN : 978-2-253-09948-2 - 1re publication - LGF

À Benoît
À Marie-Suzanne

Grégoire

— Je me suis toujours demandé comment tu avais fait pour rester si longtemps avec ce mec ! lance Babeth du troisième étage, de son ton bien à elle, oscillant entre moquerie et révolte.

— Mais il était très bien sous tous rapports ce jeune homme ! rétorque Marguerite, au deuxième étage, un peu choquée.

— … Les filles, on arrête un peu, s'il vous plaît. On discutera plus tard du-pourquoi-du-comment de cette rupture, OK… parce qu'elle est méga lourde la commode… alors help ! ! ! ! et help tout de suite ! ! ! hurlé-je du rez-de-chaussée.

Dimanche. Aujourd'hui est un grand jour : je déménage. Trois étages à descendre d'un côté, cinq à remonter de l'autre…

Dans une séparation, on se dispute toujours sur qui garde quoi. Alors pour éviter tout ça, j'ai choisi l'option allégée : j'ai pris les meubles de ma grand-mère, mes petites culottes et quelques bouquins cultes, c'est tout.

Je me présente : je m'appelle Camille. Je vis ma trente-deuxième année. Les yeux verts, cheveux châtains, certains disent blond cendré, mais de toute façon on s'en fout. Ni trop petite, ni trop grande, le poids idéal pour ma taille ; pas moche, plutôt mignonne ; je fais partie de la catégorie des nanas passe-partout, un peu rigolotes, qu'on aime bien inviter pour animer ses soirées. Comme toutes les filles, je m'habille chez Zara : chic et pas cher. Ça présente l'avantage de ne pas durer longtemps, ce qui me permet de renouveler ma garde-robe assez souvent. C'est ainsi que, tous les quinze jours, j'arbore fièrement un nouveau pantalon noir, bien sûr radicalement différent de la dizaine d'autres pantalons noirs déjà accrochés dans ma penderie. Et pour le haut, c'est l'inévitable T-shirt Petit-Bateau blanc, celui qu'on achète en quatorze ans pour qu'il moule les seins de façon avantageuse… une vraie Kyraz !

Rencontrés sur les bancs de la fac, nous nous sommes installés ensemble, Grégoire et moi. Ma première expérience de « couple » débuta donc sans que nous n'ayons, ni l'un ni l'autre, pris vraiment conscience de la portée de cette décision. Notre cohabitation a duré cinq longues années. Grégoire était un mec mignon, intelligent, que toutes les nanas mataient et que beaucoup de mes fréquentations auraient bien aimé avoir dans leur lit. Les fantasmes allaient bon train derrière mon dos et je le soupçonne même d'avoir craqué sur certaines ! De toute façon je m'en fous, c'est moi qui l'ai plaqué !

Rapidement, il s'est imposé comme le compagnon parfait selon mes amies et le gendre idéal d'après ma famille. Grégoire fut le premier jeune homme que je ramenai un dimanche midi chez mes parents et il ne leur en fallut pas plus pour considérer le mariage comme acquis. Ce garçon, à l'air innocent et à peine déniaisé, leur sembla le parti exemplaire, et papa-maman se sentirent sur-le-champ libérés du poids que leur progéniture – moi en l'occurrence – représentait pour eux depuis une bonne vingtaine d'années. Je vous passe les questions maternelles à la veille de l'invitation : « C'est sérieux entre vous ? », « Que font ses parents ? », « Que veut-il faire dans la vie ? », et le fameux : « Il faudra que je te parle. » Et là, j'ai dit stop sinon elle dérapait préservatif, limite lubrifiant !

— … C'est vrai qu'il était beau garçon, mais avec des manières somme toute assez rustres pour un p'tit gars de la ville ! commente Babeth en prenant l'accent d'un bon paysan creusois.

— Moi, je ne comprends toujours pas pourquoi tu le quittes. Mais si c'est ton choix, ma Camille… Dis, le gros carton qui pèse deux tonnes, il monte aussi ? demande Marguerite, décidément pragmatique.

Je reconnais bien là ma Marguerite. Sa conception réaliste des relations homme-femme l'empêche d'envisager que l'on puisse quitter un homme, si proche du seul but valable : le mariage, bien sûr.

Mais tous ceux qui critiquent ma décision peuvent bien dire ce qu'ils veulent sur cette rupture, ils n'ont vu que la partie émergée de l'iceberg. Ce qu'ils n'imaginaient pas, c'est tout le reste ou plutôt l'absence de tout le reste. Mon couple, c'était, comment dire… le néant. Jolie façade sociale, mais définitivement creux en tête-à-tête.

Je m'explique : moi, j'aime lire, voir des expos, refaire le monde jusqu'à trois du mat', me perdre dans les rues de Paris et pousser les portes pour découvrir des petits endroits secrets ; j'aime le chocolat, le papier toilette assorti à la peinture de mes W-C, les bougies, les bateaux-mouches, les brocantes, le théâtre… et Dieu.

Lui, il s'est arrêté à Manara, se fait le salon de l'auto chaque année et s'endort à vingt et une heures ; pour lui, flâner n'est que perte de temps, il adore la viande rouge sanguinolente, trouve que les bric-à-brac ressemblent à des juste-avant-la-benne et pour qu'un spectacle lui plaise il faut qu'il y ait soit un ballon, soit une très très belle danseuse suffisamment dénudée ou du full contact…

La vie amoureuse et palpitante des premiers mois a donc très rapidement fait place à un quotidien peuplé de non-dits, de vides, d'absences, même en sa présence. Aujourd'hui je me demande comment j'ai fait pour rester à ses côtés durant cinq ans. Certainement la réminiscence d'un schéma familial brillamment transmis par ma mère.

— Temps mort ! J'en peux plus, on fait une pause. Il reste du cok' light ? demande Mag, haletante, accrochée à la rambarde du quatrième.

— Oui, dans la cuisine au fond du couloir. Tu as de la chance, le voisin a branché le frigo hier.

À ces mots, Babeth monte quatre à quatre les dernières marches qui la séparent de nous :

— Un voisin ? Quel voisin ? Il est mignon ? Je ne

l'ai pas vu, moi, le voisin ! Il ne lui reste pas un peu de force, par hasard, pour porter quelques cartons ?

Ça, c'est du Babeth tout craché : toujours prête à fantasmer sur ce qui porte un pantalon ! Il faut vraiment qu'on lui en trouve un fixe à elle. Ça la calmera, un peu de régularité.

— Pour ta gouverne, lui rétorqué-je, sache que ledit voisin a la tête de Averel Dalton en blondinet et la cinquantaine bien tapée. Un vrai tombeur !

Le cas du voisin ayant ainsi été définitivement réglé, Mag, revenant de la cuisine les mains chargées de la bouteille et de trois gobelets en plastique, reprend son interrogatoire sur les raisons de ma rupture :

— Il faut que tu m'expliques pourquoi tu quittes Grégoire. Il est pas mal : pas embêtant, pas trop bruyant et passe-partout…

— Explique-lui, parce qu'elle commence à faire une fixette notre Mag !

— Passe-partout… Eh bien, tu vois, tu fais les questions et les réponses. Comment peux-tu avoir envie de rester avec un mec passe-partout ? C'est du néant cet homme. Le vide universel. En dehors de Son job, Sa bagnole, Ses chemises, Ses copains, rien d'autre n'existe. C'est lui, lui-même, lui seul, une sorte d'ego ambulant sans rien derrière. Si encore il avait l'intelligence de Levinas, le QI d'Einstein ou ne serait-ce que les muscles de Schwarzi, j'aurais peut-être trouvé une raison de rester. Mais là, le jeune homme bien sous tous rapports et insipide à souhait, je ne peux plus, j'ai eu ma dose ! À ce stade-là, c'est même l'overdose !

— Tu n'es pas un peu dure avec lui ? s'entête

Mag. Tu ne pouvais vraiment plus le voir en peinture ? Mais comment peut-on en arriver là ?

Babeth s'effondre dans un fauteuil, les bras ballants et l'air accablé :

— Le quotidien, Mag, le quotidien. Tu ne peux pas comprendre avec ta vie version grand luxe, mais le quotidien, ça tue tout.

Je nuance :

— Oh, le quotidien encore, ce n'est pas le pire. Ça peut même présenter l'avantage d'être reposant. Non, le pire pour moi c'était l'intendance.

— Savoir qui fait quoi et surtout quand ! Un véritable calvaire ! Et le B. A.-BA de la disputation conjugale, renchérit Babeth.

Marguerite libère une chaise pour pouvoir s'asseoir. Pour une fois elle semble nous comprendre :

— Là, je vous suis. Les hommes et les femmes n'ont pas vraiment la même conception de la gestion des tâches à l'intérieur d'un appart.

— C'est ça, Mag, dis-je en insistant. Lorsqu'un homme prétend qu'il a fait le ménage, c'est qu'il a triomphalement, et au prix d'un effort surhumain, mis sa vaisselle sale dans l'évier et ramassé son caleçon et ses chaussettes pour les jeter négligemment dans le bidet… Et là tu te dis : il le fait exprès, ce n'est pas possible autrement. La machine à laver est juste à côté !

Mag m'écoute atterrée et Bab embraye aussitôt :

— Côté cuisine, c'est le pied ! S'il s'y met c'est : patates à l'huile, purée au beurre ou pâtes au concentré de tomates…

— … et dans un jour de bon cœur, tu peux avoir droit à l'œuf dur au ketchup… Ça laisse songeuse, hein !

— Et dire qu'ils osent faire des remarques lorsque après un tel régime la cellulite fait son apparition en haut de nos cuisses !

Je ne peux même pas me consoler en pensant que c'était une super histoire de cul. Tout le monde sait ce que finit par devenir la sexualité dans un couple. Après l'extase des premiers instants, l'enthousiasme de la découverte laisse souvent place à la lassitude des mêmes gestes toujours répétés, des mots qu'on s'oblige à dire alors qu'on ne les pense pas ou plus. Terminée l'excitation des débuts : on a désormais l'impression de connaître l'autre par cœur.

Mais moi, ses corronès, je les ai vues différentes chaque jour : paire de lychees en sortant de la piscine, pruneaux d'Agen une fois dégorgés, goitre de dindon après un bain chaud et, s'il se baisse pour ramasser sa serviette, vue imprenable par-derrière... : « Mais pourtant je n'ai pas d'épagneul ! » Les contractées, juste avant l'éjaculation : style j'ai onze ans et la puberté c'est pour l'année prochaine (faudrait pas qu'il se chope les oreillons !) ; les coquées, prises dans un slip rétréci au lavage ; les boules de glace vanille en train de fondre quand il a fait du sport et qu'il transpire (là, ça doit coller à mort). Je n'ose imaginer les velues en hiver, version hérisson !

Et lui ! Quitte à traiter le sujet en profondeur, que dire de son pathétique manque d'imagination ! Je ne comprends pas pourquoi les mecs font des fixettes sur les seins. T'es tranquille à table en train de sucer une barre de chocolat, normal, et VLAN ! ! ! Il arrive par-derrière et te voilà agrippée des deux mains ! Il est où le bisou dans le cou romantique et timide des premiers temps ? Oublié. Si tu n'as pas de chance, ça t'arrive la veille des gnagnas et tu n'as qu'une envie, c'est de lui en retourner une tellement ça fait mal. Et quelle délicatesse dans la caresse ! Cette manière d'empoigner l'objet à pleine main et d'entamer un savant massage circulaire semble le ravir. Tu sens ton sein tourner, tourner, tourner. S'il pouvait vomir, il en aurait plein la main.

Mais je crois que le summum reste la main au cul ! La FAMEUSE ! Un grand moment de la vie de couple, ça. On vaque, tranquillement, à ses occupations quotidiennes quand, subitement, parce qu'on a eu le malheur de passer à portée de sa main… PAFFFF ! ! ! Bien collée, comme sous l'effet d'un appel d'air, sa paume se plaque sous les fesses et les doigts s'appliquent à envelopper le périnée. Si on sent légèrement frétiller le bout de son majeur, c'est que les préliminaires sont finis et qu'il veut passer à l'action.

Il existe aussi une version faciale de la prise : l'homme se présente face à toi (tentative infructueuse d'évitement), paume plaquée sur le pubis. Le frétillement s'exerce alors sur la vulve. En général, ce geste s'accompagne d'un mouvement du bassin destiné à faire comprendre à la femelle qu'une légère tension se fait sentir.

Bon, tous les hommes, je dois l'avouer, ne pratiquent pas cette forme de préliminaires, mais quand tu tombes sur un initié, ça déroute !

— Mais la vie de couple, ça a du bon tout de même. Avoir cette tendre complicité de chaque instant avec l'être aimé, penser à tous les bons moments partagés, à cette épaule solide sur laquelle s'appuyer lorsque cela ne va pas…

— Oui, Mag. Je te l'accorde. Mais le prix à payer est parfois un peu trop élevé. C'est vrai qu'au départ l'amour te fait tout voir en rose et tu aimes l'autre aussi et surtout pour ses défauts.

Babeth enchaîne, décidément très en verve :

— Ah ! la joie des premiers ronflements, de la première nuit blanche à ne pas pouvoir dormir parce que Monsieur bouge trop… et toi qui le regardes tout attendrie en te disant « qu'il est beau, que je l'aime… »… Que des conneries tout ça ! La vérité, c'est qu'il te pollue déjà l'existence en t'empêchant de dormir et que le lendemain tu te tapes la gueule dans le… seau toute la journée.

— Passé ces premiers émois, tu prends bien vite conscience de beaucoup de choses…

M'empêchant de poursuivre, Bab reprend sa litanie ironique :

— Tu commences à prendre ton bain dans les poils de ton cher et tendre, à te brosser les dents dans un lavabo velu comme le torse de Chuck Norris, au robinet déguisé en père Noël avec sa mousse à raser…

Le visage de Marguerite se décompose au fur et à mesure de notre énumération. Elle hésite entre l'incrédulité et l'horreur. L'observant du coin de l'œil, j'en rajoute aux détails croustillants de Babeth.

— Ta serviette de bain sert de tapis de sol pour que Môsieur ne glisse pas en sortant de sa douche !

— Il aurait mieux fait de déraper, celui-là, au lieu de te truffer la vie comme ça ! conclut une Marguerite révoltée.

— Mais ce n'est rien ça, Mag ! Il y a pire ! Tu t'es

déjà levée la nuit pour aller faire pipi ? interroge Babeth.

— Drôle de question ! Et en quoi ma réponse sur mes trop-pleins nocturnes pourrait m'éclairer sur « le pire » ?

— Parce que lorsque tu vis en couple… Bon pas toi, parce que tu fais partie de la « haute » et que tu as donc trois W-C chez toi. Mais pour nous, une fois sur deux, la nuit, nous nous asseyons dans les restes de l'autre… Et crois-moi, tu as une sale envie de hurler au moment précis du contact peau-pipi froid !

— Bab a raison, combien de fois je me suis assise dans les gouttelettes d'urine de Grégoire, style rosée du matin, parce qu'il avait oublié de lever la lunette. Je veux bien l'aimer, mais là, j'ai trouvé une première limite, toute naturelle, à ma capacité d'amour !

— Et les traces au fond de la cuvette, Mag ! Pour moi, pas de problème puisque je suis seule. Mais les accompagnées, elles en ont marre de prendre la balayette ! Parce qu'il faut bien que quelqu'un ose le dire : les mecs, ça laisse des traces ! Je suis dans un bon jour alors je te donne un conseil : Harpic Bleu Océan. Au moins, quand tu tires la chasse, tu ne distingues plus le fond !

— Avec un peu de chance, ça part au bout de la quinzième cascade ! Mais si le hiéroglyphe est sec, je te conseille d'attendre le deuxième cartouche. Il décollera peut-être le premier.

Marguerite n'en croit pas ses oreilles :

— Vous êtes franchement dégoûtantes, les filles. C'est de porter les cartons qui vous met dans un tel état ou c'est naturel chez vous ?

— C'est naturel ! ! ! répondons-nous de concert.

— Donc l'interactivité du couple pour vous c'est

l'implant-pileux-non-désiré quand vous prenez votre bain, vous essuyer les mains en glissant sur de la mousse à raser pour vous retrouver les fesses dans l'urine ! ! ! ! Mais avec qui vivez-vous, les filles ? ? ?

Avec qui vivons-nous ? C'est bien là la question. Et que celles et ceux qui se croient à l'abri de ce genre de reproches regardent bien leur partenaire dans le fond des yeux au moment précis où ils liront ces lignes. Surprise ! Eh, oui ! Tous les êtres humains en arrivent au même point. Ce n'est qu'une question de temps. Pas d'éducation ou de milieu social, non, juste de temps.

Mais la vie conjugale ne se résume pas à ces éléments quelque peu réducteurs et très axés pipi-caca. Non, ça c'est la partie dérision. Il y a aussi toutes ces petites réflexions quotidiennes dont les hommes nous gratifient si… spontanément.

Au palmarès des meilleurs reproches masculins, nous avons en grand vainqueur, sans contestation possible, le : « tu dépenses trop ».

Ce grief est tellement chargé de mauvaise foi qu'il en devient déroutant. Dès le début de ma cohabitation avec Grégoire, j'ai été priée de transformer mon compte personnel en compte dit « commun ». Comprenez que Grégoire avait désormais une capacité décisionnelle quant à l'affectation de mes revenus, avec, cela va sans dire, droit de regard absolu sur mon relevé bancaire, épluché mensuellement, pour mieux dénoncer les achats divers et variés. J'étais alors montrée du doigt et sommée de fournir explications et justificatifs avant de subir le sermon du « tu dépenses trop ». Quant au compte de Monsieur, il est bel et bien resté très personnel et ce en raison de… mais quelles raisons d'ailleurs ? ? ?

Bref. Le premier pas dans la vraie-fausse arnaque du couple était franchi.

Objectivement, il est vrai qu'une femme dépense plus… Mais il serait tout de même plus juste de modifier un peu le vocabulaire. Une femme ne dépense pas plus : elle prend en charge plus de dépenses que l'homme. Tout est dans la formulation ! La femme gère l'alimentation (gros poste budgétaire, surtout lorsque monsieur multiplie les invitations potesques), le règlement des factures afférentes au foyer commun, la garde-robe de l'alter ego qui se contente de constater que son placard est toujours fourni en chaussettes, caleçons, chemises et autres objets de première nécessité… Sans oublier la déco ! C'est sympa d'avoir un beau cadre de vie qui, chaque week-end, attire les félicitations des copains ou de la famille. Mais il a bien fallu que quelqu'un s'en occupe ! Et même chez Ikéa, les trucs en carton-pâte et papier mâché que tu montes toute seule ne sont pas donnés ! Ils ne voient rien, mais les chiffres qui s'alignent, ça… ils connaissent.

En résumé, la femme dépense pour le quotidien, autrement dit pour tout ce qui disparaît, tandis que l'homme, lui… investit ! Il place en bourse pour l'avenir du foyer (enfin surtout pour le sien puisque tout n'est toujours qu'à son nom à lui). Il achète une voiture : c'est Sa voiture… que-t'as-même-pas-le-droit-de-conduire… Il choisit et réserve le voyage estival… que-tu-te-fais-ièch-parce-que-tous-ses-potes et tu bouffonnes toutes les vacances… suivi d'un « tu pourras aller chercher les billets parce que j'ai vraiment pas le temps ? » Et comme par hasard tu t'aperçois qu'il reste 50 % du prix à payer. Autre variante : le « tu peux faire le chèque de caution pour la réservation de la maison à Plouguenec ? » Mais je ne veux pas y aller, moi, en Bretagne. J'aime pas du tout, il fait froid et le ciré jaune tout le mois d'août, c'est pas bon pour le bronzage ! Je veux aller à Saint-Trop, comme dans *Voici*, moi !

— … Et le salon investi par Paulo, Marco et tous les autres les soirs de match ! Ça, Mag, il faut que tu connaisses, c'est vraiment un grand moment de se sentir… invisible ! ! ! reprend Babeth en mimant sur le palier du deuxième un contrôle de poitrine suivi d'une aile de pigeon ; passe décisive… BUT ! ! !

— Tout ceci est assez déconcertant, mais ça m'a l'air tout à fait palpitant à vivre au moins une journée dans sa vie. Un peu comme voir un film tchèque en VO sous-titré en hollandais au CNP du coin. Une expérience unique et transcendante, confirme Mag.

— Ne me dis pas que tu as une carte d'abonnée à ce type de projections ?

J'interviens, suffocante, depuis l'étage du dessous, à moitié écrasée sous le poids d'un carton :

— De quelles projections vous parlez ?

— Laisse tomber ! Mag s'est abonnée au nouveau cinoche porto-brésilio-cubano.

— … Ah ! Bon ! Y'en a pas une qui voudrait lâcher sa carte UGC pour venir m'aider, parce que là je suis bloquée contre la rambarde du troisième devant chez Mme Lee et j'ai la nette impression que le carton appuie fortement sur sa sonnette !

Babeth se précipite à ma rescousse, simulant l'inquiétude :

— C'est peut-être la mère de Bruce ? À ta place, je me méfierais parce que dans la famille ce sont des durs !

— Note, dis-je en gloussant, qu'il y a dur et dur.

Marguerite, chargée de gros coussins qui lui donnent l'air d'un bibendum, sent bien que la conversation est de nouveau sur le point de déraper.

— Pitié, les filles ! Vous n'allez pas remettre ça ! C'est un peu raide.

— Bravo, Mag, tu m'ôtes le mot de la bouche ! Mais qu'est-ce que tu veux, ce sont les choses de la vie. Et d'ailleurs, pour ne rien te cacher, j'aurais presque la nostalgie de ses petites rigidités matinales... Au moins on pouvait jouer au sous-marin perdu en Antarctique avec périscope et abordage.

Toujours prête à introduire une pointe de scato dans ce genre de conversation, Babeth prend le relais.

— Après une nuit de fermentation, deux arrêts pipi à deux heures et cinq heures du mat' et le kleenex du petit jour, t'avais vraiment le moral...

— Vu sous cet angle, Camille, soit tu n'as pas de papilles gustatives, ce qui facilite cette petite mise en bouche matinale, soit tu es tombée dans le super crade et tu frises un vrai problème psy.

— Écœurantes, vous êtes écœurantes. Mais si vous le prenez sur ce ton, je peux vous parler du paluchage, dérapage rapide sur le vidage de couilles ou du film de cul qu'il mate pendant qu'il te prend sauvagement... Dans ce cas-là, tu en arrives à te demander si c'est toi qui lui fais de l'effet ou si la blonde à gros seins de la télé le fait fantasmer au point de ressembler à un fantôme-bandant.

— Et si tu n'as plus envie, parce que tu es dégoûtée par son comportement ou tout simplement fatiguée de ta journée de boulot-ménage-courses plus conversation avec SA mère pour éviter le week-end en famille, tu as le droit à l'invariable « t'as changé » ou « t'es plus comme avant », poursuit Babeth.

Mag hoche la tête d'un air pensif.

— De ce côté, je ne peux pas me plaindre... Thierry est tellement sur le retour qu'il me laisse tranquille... Un peu trop d'ailleurs, ça commence à me manquer tout ça... Peut-être qu'un peu d'exotisme ne me ferait pas de mal.

Je ne peux retenir un cri d'épouvante.

— Mais Mag, tu es mariée !

— Ça ne change rien, Camille, plaide Babeth, pleine de compréhension. C'est tout à fait naturel à son âge de vouloir se dégourdir alors qu'elle vit depuis des années avec un septuagénaire ramolli.

— Un peu de morale, les filles ! Tu l'as bien choisi ton septuagénaire et pas seulement pour son portefeuille. Ou alors j'ai vraiment tout faux dans mes choix.

Babeth et Mag, de concert, sourire aux lèvres :

— Mais tu as tout faux, Camille !

Cette tentation évoquée par Marguerite n'est pas uniquement féminine. En effet au bout d'environ trois ans de vie commune, Grégoire et moi sommes rentrés dans une phase plus délicate. Il a tenté de me faire passer le message qu'une plus grande liberté entre les êtres préserve le couple d'un enfermement certain. J'ai tout de même eu du mal à croire à sa brillante théorie. Avec son habitude de mater tout le temps et tout le monde, surtout le monde au féminin, j'ai plutôt entendu « j'en ai repéré une » ou tout simplement « je veux sortir seul avec mes potes pour retrouver des sensations de jeunesse ». Nous sommes donc passés à la phase « chacun ses activités ». Enfin, lui sortait et moi je l'attendais. Je n'avais surtout pas envie de comprendre ce genre de message. Je l'aimais… encore.

Les soirées télé-en-solo ont fait leur apparition, les coups de fil répétés aux bonnes copines aussi. Ma mère en a rajouté une couche parce qu'elle sentait que tout allait mal. Et c'était parti. Glissement presque incontrôlable.

Lorsque Monsieur ne sortait pas, c'était presque pire. Il matait la télé au lit, me reprochait de trop travailler et donc d'être trop fatiguée pour assurer l'ordinaire, généralement entre une heure et deux heures du mat'. Mais moi, à cette heure-ci, je dors ! Et s'il me réveille pour la minute de coït plus du tout interactive, je vais mettre une heure à me rendormir tandis que lui ronflera déjà !

Les repas se sont faits plus rapides, parce que plus d'amour à préparer et à partager. Les reproches et les critiques, eux, se sont multipliés. Allusifs d'abord, puis de plus en plus explicites, pour finir en haussements de ton bien dirigés.

Au début, je n'ai rien dit, j'ai encaissé… puis la réplique est arrivée, d'abord calme, puis sur le même ton que lui… Et là mon couple a dérapé sur les disputes hebdomadaires-du-week-end, bientôt transformées en disputes quotidiennes, pour finir par devenir le seul mode de communication. Le plus faible s'est laissé petit à petit dominer par l'autre pour tenter d'éviter la violence ou tout simplement parce que je tenais encore à lui bien qu'il salisse toujours un peu plus mes sentiments. Cette routine a fini par flétrir définitivement l'affection qui me restait encore pour lui. Fin de l'histoire.

Aujourd'hui, une nouvelle vie commence : célibataire et indépendante, la bonne, la vraie vie. La liberté, quoi ! Mon appart pour moi toute seule. Plus aucune contrainte d'épilation-toujours-nette. Traîner en jogging tout le week-end avec le vieux sweat de papa, celui avec lequel on dort les soirs de déprime. Incroyable l'endurance et la fidélité de ce sweat ! Aucune obligation de porter un soutif assorti à ma culotte. À propos de culotte, pouvoir mettre une énième fois celle que j'ai brûlée avec le fer à repasser, tout droit sortie de la garde-robe de Jessica Fletcher, mais crotte ! c'est la meilleure du monde ! Elle emboîte bien les fesses, fait un ventre de rêve ; bon, d'accord, on dirait un peu une gaine, mais je me sens tellement bien dedans ! Pouvoir dormir avec des chaussettes ! Les grosses chaussettes. Celles qui tiennent chaud. Parce qu'avec Don Juan, j'étais obligée de les enlever sous peine de susciter immédiatement une moue de dégoût : « Tu dors avec des chaussettes ! ? » OK, je les enlevais pour tuer dans l'œuf ce genre de remarques… Et lui croyait que c'était pour être plus sexy… Andouille ! Je les enlevais parce que ça aurait fait velcro avec tes mollets velus !

Aujourd'hui la page est tournée.

Mais celui qui restera, celui que j'espère, le doux, le tendre, celui qui saura écouter et comprendre, celui qui me regardera et me verra, celui qui saura répondre à toutes mes attentes sans même que j'aie besoin de les mettre en mots ; celui avec qui la complicité naîtra dès le premier instant ; celui qui d'un seul regard me retiendra et me fera comprendre qu'il est ENFIN celui que j'attendais : une évidence ; celui-là, où est-il ?

Forte de ma liberté retrouvée, je me lance aujourd'hui dans cette quête qui me conduira à L'HOMME DE MA VIE. Tête baissée, ne sachant pas vraiment ce qu'il faut chercher, ni comment… mais j'y vais.

La seule à être vraiment réaliste dans cette affaire, c'est sans doute ma petite Marguerite, qui en quelques mots bien pensés et grâce à son expérience, a tenté de me remettre les pieds sur terre :

« Ne cherche pas le prince charmant, il n'existe pas. Tu ne rencontreras que des crétins à cheval. Et si vraiment tu es obligée d'en choisir un, alors ne choisis pas qu'avec ton cœur, sinon tu finiras par te noyer dans tes propres larmes ou complètement déshydratée. »

AUTOPSIE DE GRÉGOIRE

SES FORCES : inébranlable dans ses habitudes.
SES FAIBLESSES : totalement insipide (la passion et l'émerveillement : il ne connaît pas).
SON ATTRAIT SEXUEL : la ponctualité.
IDÉE CADEAU : un déjeuner en tête-à-tête avec votre mère.
SON ATOUT SÉDUCTION : il séduit votre famille avant vous (il se case, lui aussi !), ainsi il est fait pour durer.
SA MÉLODIE SECRÈTE : la stabilité préserve de la fatigue.
SON ANIMAL TOTEM : le bulot (et une fois l'opercule enlevé, ça goutte).
SON CHEMIN DE VIE TERRESTRE : la vie ne m'apprend rien.

Le Vieux

Je connais Marguerite de Lamarche, née Martin, depuis l'âge de onze ans. La traversée de la sixième ensemble tisse des liens à vie : les premiers émois amoureux, le premier soutif, les premières règles… Ah ! Que de souvenirs !

Je revois encore la tête de Mag, ce premier jour d'école, deux tresses noires encadrant son visage angélique, une jupe plissée et un chemisier col claudine. Le grand chic, mais complètement décalé ! Nous en étions tous déjà au jean-baskets-cheveux-crades. Je n'ai compris son air perdu et son look que quelques mois plus tard lorsqu'elle m'a présenté sa mère, tout droit sortie d'une pub allemande pour de la lessive. Côté papa, elle n'était pas gâtée : le géniteur s'était fait la malle peu de temps après sa naissance, laissant à maman-Kinder le plaisir d'assumer seule l'éducation et la subsistance de sa progéniture. Ces années difficiles ont doté Marguerite d'un caractère bien trempé et d'un réalisme à toute épreuve qui repose sur un axiome fondamental : ne jamais manquer de rien.

Elle s'est mariée il y a quelques années avec un homme plutôt sympathique, riche, propre sur lui mais… hyper vieux. Enfin par rapport à elle : il a soixante-douze ans. Vous me direz, ça ne fait que quarante ans d'écart. Pas grand-chose comparé à l'éternité-de-l'immensité-intergalactique !

Mag, c'est le genre de copine toujours prête à vous aider, à vous soutenir, même si sa vie de femme entretenue ne lui laisse pas toute la disponibilité requise : entre le coiffeur, l'esthéticienne, le shopping obligatoire et les essayages en prévision des prochaines soirées Vip, elle est forcément toujours sur-bookée. Mais on ne peut jamais lui en vouloir parce qu'elle est fondamentalement gentille.

Ma petite Mag, tellement attentionnée pour son vilain-petit-canard-de-copine, m'emmène souvent dîner dans ces petits restos dont elle a le secret : ambiance tamisée avec voyance incluse dans la formule. Ils me rappellent ma vie d'étudiante, l'époque où l'on refaisait le monde trois fois par jour en fonction des humeurs et des amours de chacune. En plus, les voyantes, ça remonte le moral ; elles racontent l'Histoire d'Amour Idéale et prédisent Le Job en or. Seul hic dans l'histoire, ce qui bloque toute ma destinée si magique, c'est le bagage-psychologique-de-mon-enfance que je traîne avec moi. Sans compter mon libre arbitre qui s'en mêle à son tour ! C'est pour cela que rien n'arrive. Comme le disent les voyantes : elles, elles voient tout juste ; c'est moi qui me trompe dans mes choix.

Mais lundi dernier, c'est pour m'inviter à dîner chez elle que Marguerite m'a téléphoné. Au menu : Thierry, son vieux-mari, P-DG d'une entreprise de grande distribution, et l'un de ses plus vieux amis (ça promet) qu'il faut « ab-so-lu-ment » que je rencontre, parce que « tout ce qu'il me faut » : un homme mûr (je me méfie un peu) socialement installé, équilibré, protecteur et… libre !

Après trois mois de célibat, j'ai dit oui. On verra bien.

Vendredi soir – préparatifs.

Comme toute nana qui se respecte, une heure avant le départ, me voilà devant l'armoire, une serviette négligemment nouée autour de la taille, une autre sur la tête et les seins à l'air. Question primordiale et air dubitatif : « Qu'est-ce que j' mets ? »

Le degré d'importance d'une soirée se mesure, chez la femme, à deux critères : sa fébrilité devant sa garde-robe et le nombre de tenues qu'elle essaie. Si elle finit par bouder, limite larmes aux yeux, en entamant la litanie des : « de toute façon, j' veux plus y aller », « je suis un vrai boudin, j'ai grossi » etc., c'est qu'il y a soit un mec qu'elle veut brancher, soit une rivale !

Jupe ou pantalon ?

Allez, j' le connais pas. Dans le doute et pour éviter les regards déplacés ou les poses inconfortables, on oublie la jupe, ça remonte. Pantalon.

Lequel ? coupe large ou serrée ? mon noir uni ? le noir en velours ? Non, pas assez BCBG. Pourquoi pas le noir à fines rayures ou… mon pantalon de smok ? Non, trop masculin pour une première rencontre. On ne sait jamais, elle m'en a peut-être dégoté un

Good ! ! Allons, ma vieille, ne rêve pas, si Marguerite avait un prince charmant dans son carnet d'adresses, elle n'aurait pas mis trois mois à te le présenter… Et ma dernière acquisition ? Oui, pourquoi pas le petit étriqué qui fait un cul de rêve… À moins que j'ose le noir avec une fleur sur la poche arrière. Non, les plis à ce moment-là du mois ne vont faire qu'accentuer mon gros bide, on oublie. Va pour le classique noir uni déjà porté cinquante fois, mais toujours impeccable.

C'est important de se sentir bien dans des vêtements qu'on connaît par cœur, ça enlève déjà une raison de flipper. Au moins j'aurai un peu plus d'attention à consacrer au reste. Enfin, si reste il y a. Parce qu'avec le pote de Thierry, il y a des chances pour que la décomposition soit déjà bien avancée. Remarque, il y a peut-être des soldes sur les urnes en ce moment ? À deux, avec Mag, on aurait une remise ! Je n'ai pas de cheminée, mais je le mettrai sur la télé, ça lui fera de l'animation.

Deuxième étape : le top. T-shirt Petit-Bateau ou chemise ? Chemisier, ce sera plus classique.

Chaussures plates. On ne sait jamais, s'il est petit.

Il me reste trente minutes : direction la salle de bains pour préparation de la façade.

Je remonte mes cheveux ou les laisse lâchés ? Attachés, j'en mettrai moins dans mon assiette ! Queue de cheval sur la nuque, cheveux bien plaqués sur le devant et raie sur le côté… parfait. Un peu de maquillage : anti-cernes, fond de teint, blush, eye-liner… pas trop de rouge à lèvres, ça tache les serviettes et le bord des verres. Une goutte de Guerlain et c'est parti !

Après trente minutes d'embouteillage fredonnant le *My Way* de Nina Simone (oui, parce que la sono dans ma 4L, c'est moi !), j'arrive enfin avenue Foch. Il est vraiment pas mal ce quartier… Moi, j'habite un F2 sympa en plein cœur de Paris, refait à neuf par mes petites mimines et mon huile de coude. J'y ai accroché toutes mes photos, envahi chaque recoin d'objets du monde entier, de bibelots roses et rouges avec des coussins partout et des bougies, plein de bougies. Un vrai petit coin de Paradis, au cinquième étage sans ascenseur tout de même !

Trois portes codées, un visiophone, un ascenseur et quatre étages plus haut… me voici enfin devant la porte blindée.

Di-doun ! Di-Doun ! Mince, j'ai sonné deux fois, ça ne se fait pas. Trop tard.

Après quelques secondes, j'entends des pas, la porte s'ouvre, c'est Marguerite. Toujours aussi superbe et élégante : petit tailleur Yves Saint Laurent. Vraiment, un rien l'habille !

— Bonsoir, ma puce. Ça va ? Tu as trouvé une place sans problème ?

Elle m'embrasse en me serrant fort contre elle, et moi de l'étreindre de la même manière avec les mêmes baveux sur les joues. À ce propos, pourquoi bavons-nous toujours sur la figure de la personne que l'on salue ? Bizarre comme tradition. Peu importe, c'est le rapport social qui veut ça. Parfois, il ne faut pas chercher à comprendre. Cela doit venir d'une tradition lointaine d'aborigènes cannibales. Les chiens se sentent les fesses, nous, nous testons l'amorti de la joue, sans doute pour estimer la réserve de bouffe.

— Ça sent bon ! Tu nous as encore concocté une petite merveille !

Marguerite adore cuisiner.

— Entre vite, me dit-elle en refermant la porte derrière moi.

Après avoir traversé trois kilomètres d'entrée-sol-marbre, nous pénétrons dans le salon-meublé-dix-huitième. Nouvelle séance de bave-salutations-coutumes, sur Thierry cette fois. La main de Marguerite se pose délicatement sur mon coude, exerce une légère pression et m'impose un quart de tour afin de me présenter l'Invité Vedette.

Stupeur ! ! !

Je reste figée.

Ça, je n'aurais jamais pu l'imaginer, même dans mon pire cauchemar : un vaillant sexagénaire mâle appartenant, a priori, à l'espèce humaine. Mais là, je vous laisse seuls juges car mes notions de gérontologie sont très superficielles et même mes parents n'ont pas encore atteint cet âge. Marguerite, en parfaite maîtresse de maison, m'introduit :

— Camille, laisse-moi te présenter Georges de Saint-Maur, l'associé de Thierry.

— Bonsoir mademoiselle. Je suis enchanté de vous rencontrer enfin, Marguerite et Thierry m'ont tellement parlé de vous. J'ai l'impression de déjà vous connaître.

Tiens, celui-là adopte la version bave sur la main. Bah ! Un vrai lama des hauts plateaux péruviens ! Whaouu ! Vise un peu la tonsure ! Aucun doute, il n'est plus à poils longs depuis longtemps. Il doit même déjà avoir des ergots aux coudes.

— Pour moi, je dois l'avouer, c'est une grande surprise ! rétorqué-je avec un regard complice et évocateur vers Marguerite.

Après ces présentations mouillées, nous nous asseyons pour l'apéritif. La place d'honneur me revient, aux côtés d'un Georges qui me mange déjà des yeux. Et c'est parti pour les questions stupides : « Comment vous êtes-vous connues, Marguerite et vous ? », « J'aurais adoré vous voir petites filles avec vos couettes et vos jupes plissées… »

Mes réponses ne semblent pourtant pas l'intéresser et aucun temps de parole ne m'est accordé. Ambiance surréaliste : dialogue entre un cacatoès et une bulle de savon.

On me fournit pêle-mêle toutes les informations importantes sur la vie de Georges. Je prends note, entre autres, qu'avant d'être associé à Thierry, notre bel hidalgo était avocat au Barreau de Paris et qu'il est veuf depuis quelques mois. Ne cherchez pas, il n'y a pas relation de cause à effet entre ces deux informations.

Georges marque enfin une petite pause dans son monologue sur Sa-vie-Son-œuvre (style plafond de la chapelle Sixtine : Dieu me touche du doigt), et la maîtresse de maison nous invite à passer à table.

Ouf ! Triple ouf ! Il était temps, j'allais finir par me bouffer une main, moi ! Pour éviter la mutilation, je me serais plutôt jetée sur Georges. Réflexion faite, méfiance… Par ces temps de vaches folles, la viande limite date de péremption, c'est dangereux !

Entrée dans la salle à manger. Une table est dressée, scintillante, magnifique, superbe, couverte de cristal, d'argent, de porcelaine. Naturellement, dîner aux chandelles. Elle a vraiment du goût, ma copine ! Ou, pour être plus exacte, elle a vraiment les moyens d'avoir du goût.

— Je vous laisse vous installer, dit Marguerite, je passe en cuisine, j'arrive dans une minute.

— Tu as certainement besoin d'aide, je t'accompagne, dis-je en sautant sur l'occasion pour me retrouver seule avec mon amie.

Dans la cuisine, tandis que Mag s'affaire à mettre en place les derniers éléments de décoration des assiettes, je me lâche :

— Mais qu'est-ce qui t'a pris ? C'est un fossile du Crétacé, ton copain !

Toujours sereine, Mag réplique les mains dans la salade :

— Mais non, tu dramatises tout de suite, il a au moins cinq ans de moins que Thierry !

— C'est vrai, vu sous cet angle, j'exagère… C'est vraiment un jeunot ! Mais qui fête quand même ses soixante-sept ans !

— Peut-être, mais au moins c'est un homme mûr et installé dans la vie. Et je sais de quoi je parle, très bien installé.

— Pitié, Mag ! Pas le coup du vieux-plein-de-sous. Pas de toi, la supplié-je. Et d'ailleurs, entre nous, il ne peut être QUE très bien installé. En tout cas je le lui souhaite, parce qu'un mec pareil, s'il chope un faux pli, c'est la hernie discale assurée ! C'est un bon parti, d'accord, mais ça reste un sacré morceau !

— Camille, oublie tes a priori et laisse-toi prendre au jeu. Tu vas voir, c'est un homme très cultivé qui connaît les bonnes manières. De nos jours, en dessous d'un certain âge, ça ne se trouve plus, ces choses-là. En plus il vit seul dans son hôtel particulier en plein milieu du septième, un vrai petit Versailles !

Mag ne changera décidément jamais et son réalisme me surprendra toujours.

— Excuse-moi, mais il est tout de même plus proche des Hespérides que de Versailles ! Alors, je n'ose même pas imaginer ce que cela donne, les bonnes manières, dans une chambre à coucher : il t'appelle Marie-Christine et continue de te vouvoyer ?

Mag me foudroie d'un regard accusateur.

— Je m'excuse… OK ! OK ! OK ! OK ! Je joue le jeu.

Retour à table. Thierry et Georges nous attendent. Nous arrivons, Marguerite et moi, sourire aux lèvres, les bras chargés de l'entrée.

La conversation reprend son fil sur les bons petits plats de Marguerite et ses talents de décoratrice d'intérieur. C'est vrai, s'occuper d'un appart avenue Foch, cela s'appelle « avoir du talent » alors que refaire de fond en comble un deux-pièces à Opéra, même dans le style Jacques Garcia, ça le fait moins. On est gentiment gratifié d'un « Que vous êtes habile de vos mains ! » avec une ironie à peine voilée. Mais jamais on ne parle de talent !

Les voilà de nouveau branchés sur mon sort – horreur totale ! Re-belote sur mon job à l'initiative de Georges qui, visiblement, n'a rien écouté la première fois, à moins qu'il n'ait déjà tout oublié.

Mémoire qui flanche ? Attention, danger ! Alzheimer n'est pas loin.

— Et que faites-vous de beau dans la vie, ma chère Camille ? me lance-t-il avec un clignement d'yeux (sans doute un début de cataracte qui le gêne).

— Je suis Chargée de Communication pour…

Pensée Intérieure Spontanée (P.I.S.) : Eh ! J'ai pas fini !

— … Comme je vous comprends de vous être orientée vers un métier de communication, c'est tellement passionnant de transmettre un message à l'autre, de faire rayonner un produit au-delà des frontières. Ah ! la communication. C'est tellement… féminin.

P.I.S. : Quelle andouille !

— Et quelle heureuse société bénéficie de vos talents ?

Thierry et Marguerite échangent des regards complices, appuyés et satisfaits comme si, pour eux, la sauce prenait !… Mais ça ne prend pas du tout !

— Je travaille pour la société La Rando à Gogo, je…

P.I.S. : C'est pas parce que tu as un costume trois pièces qui te fait office de ceinture Gibaut que tu as le droit de poser des questions et de ne pas attendre les réponses ! I dream !

— … Quels produits ?

— Nous commercialisons des trousses de survie pour randonneurs.

Et mon Georges de se lancer dans un flot ininterrompu de questions assez proches du jeu de jambes virevoltant de Marcel Cerdan : mes hobbies, mes voyages, mes lectures, mes fleurs préférées… l'intégrale de Wagner, les fanfares, les canotiers blancs, le polo, le prix de Diane, les Rolls…

P.I.S. : La famille royale d'Angleterre, l'eau de Cologne, les salons de massages, les vers de terre, les orchidées, l'intégrale de Raimu, la betterave, le colchique… quelle richesse culturelle ! Vas-y Fangio ! Fonce !

Je regarde en direction de Mag. Elle va quand même comprendre qu'il faut me sauver de l'interrogatoire-monologue de mon voisin de table ! Oui ! Elle a compris ! Départ libérateur pour la cuisine.

— Non seulement il est vieux, mais il en tient vraiment une couche ! Tu as remarqué sa façon de me regarder ? Il me dévore littéralement des yeux. Il ferait mieux de se venger sur la salade parce qu'à ce rythme-là, je n'aurai plus de peau à la fin du repas !

— Effectivement, il en fait un peu trop. Mais c'est de son âge. C'est générationnel. Ne t'inquiète pas, on s'y fait.

— C'est dingue ! À croire que ces mecs vous vampirisent votre jeunesse. Comme si ça allait lui rendre ses années perdues ! Une vraie sangsue.

— ??… ! ! ! !

— Dimanche dernier, j'ai vu un reportage là-dessus. C'est une espèce de ver écœurant qui se fixe sur ta peau et te suce le sang. Au fur et à mesure que tu perds ta force, lui en gagne. Voilà ! Georges est une sangsue des marécages amazoniens !

Parce qu'il faut que je l'avoue, les documentaires animaliers ont pris une place fondamentale dans ma vie de célibataire. Grâce à eux, j'apprends plein de choses sur la nature humaine ! Incroyable les analogies qui peuvent exister entre le comportement des hommes et celui des animaux : similitudes dans la parade amoureuse, l'accouplement, l'alimentation ou encore le partage des rôles entre la femelle et le mâle. Pêle-mêle, mes dernières découvertes ont ainsi concerné la reproduction des oursins en mer de Chine et le rut des cerfs dans la forêt nord-canadienne, lequel se caractérise par son extrême rapidité. Mais TF1 a pensé à nous : ils ont sorti le CD-rom, au cas où nous souhaiterions nous le refaire au ralenti !

Notez, la durée moyenne d'un rapport dans un couple après quinze ans de mariage n'excède pas les trois minutes, ce qui confirme bien que même si l'espèce diffère, les caractéristiques demeurent !

Marguerite reprend en cherchant désespérément des excuses à son ami.

— Il est comme ça avec tout le monde, il n'écoute jamais les réponses aux questions qu'il pose.

— Super ! Et tu voudrais me caser avec lui ! Bon plan, bonne copine. Remarque, c'est assez normal qu'une sangsue n'écoute pas, elle n'a pas d'oreilles, et si elle en avait, ça la gênerait pour ramper. À moins que… Tu sais avec l'âge, il passe peut-être tellement de temps à essayer de hisser le mât que ça engendre forcément certains effets secondaires… Il a certainement une maison à la Gaule-les-Pins, c'est pas possible autrement !

— Camille, je peux te certifier qu'à cet âge-là quand ils arrivent à sortir la quille de l'eau ça relève de l'exploit, limite Vendée Globe. Et généralement t'es plutôt en rappel avec très peu de risques de prendre un coup de bôme ! Et je ne te parle même pas de la traversée de l'Atlantique en solitaire ! Dans ce genre d'exploit, on ne peut transporter que du déshydraté ! Je ne sais pas si tu as déjà testé la Knorr Soupe Chinoise ? La nouille sèche, ça craque sous la dent ! Une sensation unique !

— Tu es pire que moi ! Mais ça me donne une idée : on va leur faire une petite séance de dialogues-pleins-de-sous-entendus. Comme au bon vieux temps. Toi et moi contre le monde entier, et on compte les points : à celle qui place le plus d'horreurs !

— Ne les sous-estime pas ! Thierry le prendra très mal s'il s'en rend compte, proteste Mag, reprenant son rôle de femme parfaite.

— De toute façon ils ne nous écoutent pas, alors aucun risque.

Retour dans la salle-à-manger-éclairée-aux-chandelles. Georges et Thierry sont en pleine discussion sur les placements boursiers. Thierry nous interpelle :

— Mesdames, vous avez été bien longues.

— Une petite discussion entre amies… lui dis-je.

— Et quel en était le sujet ?

Sourcil relevé, bout du nez qui frémit, on sentirait presque la brise marine souffler derrière les oreilles de Georges.

— Des histoires de bourses… comme vous, lui répond Marguerite d'un ton très noble.

Je retiens difficilement mon rire. Là, ma cocotte, le coup d'envoi est lancé, on va voir si tu tiens la distance. Attention !

— Effectivement nous discutions de placement…

— Ça vous intéresse ? s'étonne Georges subitement intrigué par ma personne.

Mag renvoie avant moi :

— Les orientations boursières ? Au plus haut point. N'auraient-elles pas tendance à remonter en ce moment ?

Pour ne pas être en reste, j'ajoute :

— Avec tous ces nouveaux produits lancés sur le marché pour raidir les cotes, ça va finir par intéresser toutes les femmes.

— Avez-vous besoin de conseils ? s'enquiert Thierry avec amabilité.

Je m'engouffre dans la brèche pour ne pas rater l'occasion de marquer le premier point :

— Mes indicateurs sont assez personnels. En général je travaille au feeling. Sur ce genre de hausse, dès les premiers frémissements j'observe le mouvement et si la cote se maintient je passe à l'action. *(Eins zu nul !)*

Mag enchaîne avec une grande dextérité :

— La chose prend alors toute son ampleur. Là, c'est le moment d'investir en profondeur et de bien s'imprégner de la température. *(Eins zu eins !)*

Passionné par l'échange, Georges me complimente :

— Femme de tête, à ce que je vois.

— Oh, non, c'est une question de doigté !

J'engloutis un morceau de pain pour m'empêcher de rire. Mais Thierry maintient le cap :

— C'est original comme technique. Et où avez-vous appris tout cela ?

— J'ai suivi des cours du soir. C'est très bien fait, toute une panoplie d'exercices pratiques. Parce que chacun sait qu'en matière de bourses, rien ne remplace la pratique. *(Zwei zu eins !)*

— C'était tes fameuses cassettes… *(Bravo, Mag ! Égalité !)*

Je surenchéris :

— Oui, et tu vois, rien de tel que l'observation ! Dès que tu y as goûté, tu deviens vite accro à ce genre de choses…

Comme mû par le besoin inné de reprendre l'avantage, Georges intervient :

— Je suis bien d'accord avec vous. Moi, je ne peux plus m'en passer.

Surprise et au bord du fou rire, Mag lui rétorque :

— Ah, bon ? Je ne savais pas que vous pratiquiez encore, Georges. Et quel est votre domaine de prédilection ?

— En ce moment, je m'intéresse à l'industrie pharmaceutique.

— Tu as raison, c'est plein d'avenir, acquiesce Thierry.

— Mais pour bien s'amuser, il faut disposer d'une certaine quantité de liquide. *(Drei zu zwei !)*

— Vous pourriez disposer de mes liquidités, me propose Georges gentiment.

— Quelle générosité ! Je vous reconnais bien là, Georges, toujours prêt à tendre la main. *(Bien, Mag. Mais c'est un peu léger. Je ne t'accorde qu'un demi-point. Laisse faire les pros)*.

— Hélas ! Je sais que pour disposer de liquide, il n'y a pas d'autre solution que de mettre la main à la pâte.

Marguerite se lève pour débarrasser. Arrivée à la porte, elle se retourne dans ma direction et conclut magistralement :

— De toute façon, en matière de bourses, la seule constante, c'est qu'elles ouvrent toujours en hausse et clôturent invariablement en baisse.

Bravo ! Je ne peux plus lutter. Mais revigorée par cet échange, je lui emboîte le pas en direction de la cuisine.

— Dis-moi, c'est très instructif tout ça, je pourrai enfin me vanter d'avoir rencontré un actionnaire des usines Viagra.

Mag s'affaire autour d'un plat en prenant grand soin de ne pas s'éclabousser.

— Regarde, ma chérie, je t'ai réservé une petite surprise !

Elle tend le bras et presse un bouton sur le mur. La voix de Thierry retentit dans la cuisine.

— Ça te fait quoi d'être reliée en « live » à TON Georges... sans qu'il le sache ? me lance-t-elle, l'œil pervers.

— Mais c'est génial, ton truc ! Écoute ! Écoute ! ils parlent... C'est Georges...

— ... Elle est ravissante, cette jeune femme. Je ne dirais pas non. En plus elle est bien faite et plutôt saine.

Marguerite ne peut retenir ses commentaires :

— Eh bien, on dirait que tu lui fais de l'effet !

— Mais je m'en fous !

Thierry reprend :

— Je discuterai avec Marguerite pour savoir ce qui la charme. C'est toujours plus facile d'avoir un allié dans la place.

— Une sorte de délit d'initié. J'adore ! De toute façon, j'ai des arguments solides auxquels elle ne devrait pas pouvoir résister, fait Georges, très sûr de lui.

— Oh ! Méfie-toi, elle est un peu revêche.

— Un peu de résistance n'est pas pour me déplaire… Mais la promesse d'une belle dot devrait l'adoucir bien vite.

— Détrompe-toi, il en faut plus que ça, affirme Thierry tentant de calmer l'arrogance de son ami.

Mais Georges se justifie :

— Non, je pense que c'est ce qu'elles veulent nous faire croire. La réalité est bien plus simple. De toute façon, il faut bien que les fortunes amassées nous servent un jour à quelque chose ! Et si ça peut prendre la forme d'une femme belle et attentionnée, c'est parfait.

— Certes, mais tu sais, entre Marguerite et moi…

— Mais qui te parle de mariage ? Laisse-nous d'abord prendre du bon temps.

Cette dernière phrase du vieux Georgio me fait bondir :

— Mais quel cochon ! Pour qui se prend-il ?

J'observe ma Mag et son plat : une magnifique poule farcie au foie gras, accompagnée de petits légumes du jardin. Elle ne pouvait imaginer plus approprié ! Entre les carottes et les navets, partie comme je le suis, tout va être prétexte à allusions. Zen ! Zen ! Zen ! Je me contrôle après ce que je viens d'entendre et nous retournons sur le ring.

Notre entrée dans la salle à manger est remarquée. Je traverse la pièce pour rejoindre ma place. Georges me regarde marcher, me regarde m'asseoir, me regarde remettre ma serviette sur mes genoux. Il n'en perd pas une miette, au point que cela en devient presque gênant.

— Camille, Thierry et moi, nous nous demandions si vous pratiquiez un sport ?

P.I.S. : Re-belotte Giorgio ! Après ce que je viens d'entendre, tu ne voudrais pas plutôt mes mensurations !

— Je n'ai pas tellement de temps pour cela, mais j'essaie…

Re-coupure de parole par un Georges en pleine ébullition et rouge d'excitation, limite la vapeur lui sortant des naseaux. (Il ne faudrait pas qu'il nous fasse une syncope !)

— … Votre corps paraît pourtant si… parfait.

Oui, c'est ça. La bête qui sommeille en toi a bien fini par se réveiller. Obsédé, va ! Mais je me sens en forme, mon grand, et si tu veux parler cul, on va parler cul ! Regard en direction de Marguerite. Elle me fait les gros yeux. OK ! Je m'abstiens, mais tu ne perds rien pour attendre. Mag intervient.

— Georges, encore un peu de légumes ?

Sur la table, la carafe vide me fournit un excellent prétexte pour quitter la pièce et me précipiter de nouveau dans la cuisine. Marguerite, à qui rien n'échappe et sentant mon humeur changer, m'y rejoint rapidement.

Je fulmine.

— Ce deuxième mouvement est un vrai cauchemar ! S'il commence à la jouer vieux lubrique, je ne réponds plus de rien. Je t'aurai prévenue !

— Cool Camille, c'est bientôt fini. Joue-la Zen jusqu'au café au moins, puis je t'excuserai pour le digestif.

— D'accord… As-tu remarqué le minifilet de bave qui coule de la commissure droite de ses lèvres… Avec la sauce de la poule, c'est un vrai bonheur ! On pourrait presque placer un bol dessous pour récupérer la part du chat ! Tu crois que la bouche ne ferme plus à cause de son dentier-sourire-Pepsodent ?

Marguerite éclate de rire, un rire un peu jaune mais spontané :

— Tu crois qu'il a un dentier ?

— Pour en être sûre, un seul test : les pastilles effervescentes Dentinette.

Je disparais une minute dans les couloirs de l'appartement et reviens, sourire de vainqueur vissé sur le visage :

— Tu ne vas quand même pas…

Et moi de faire fondre deux pastilles trouvées dans la salle de bains-en-marbre-avec-jacuzzi de Thierry… Alors lui aussi ! Ce qui explique le jaune du rire de Marguerite. Je lui tends la carafe et précise :

— Tu lui diras que c'est du Perrier et que tu n'as plus d'Evian !

Retour à table. Et comme je le subodorais, le faux Perrier passe comme une lettre à la poste. Conclusion : notre jouvenceau a de fausses dents !

La discussion s'aère, Thierry tient la jambe de mon Roméo sur un sujet d'actualité. Nous discutons cinoche avec Marguerite. Le dîner touche presque à sa fin. Plus que quelques minutes avant la délivrance.

Hourra ! Je vais m'en sortir. Les dernières banalités lancées, nous voilà de nouveau dans le salon-meublé-dix-huitième pour le café-infusion-cognac, avec bifurcation vers la cuisine pour les filles.

— Tu as remarqué les poils qui lui sortent du nez ?

— Ne parlons même pas de ceux des oreilles, ce sont de vraies touffes !… Mais tu sais, il existe des pinces spéciales coupe-touffes-diverses, répond Mag, amusée.

Toujours prête à trouver un côté positif aux expériences hors du commun, je suggère :

— C'est peut-être une idée : l'instrument indispensable pour une trousse de survie à l'usage des jeunes femmes désireuses d'explorer le milieu du troisième âge. Il faudra y réfléchir…

— Je suis contente que ça te fasse rire, parce que pour une première rencontre, mes débuts de marieuse sont un vrai fiasco.

— Ne t'inquiète pas, je m'en remettrai…

Dans le salon, Thierry et Georges se donnent la réplique dans une scène que l'on pourrait croire tout droit sortie d'un Monthy Python. Nous les observons quelque peu… fascinées.

— Ce n'est pas mal du tout…

— Le mien a un tirage un peu dur…

— Même si tu le tiens comme cela ? suggère Thierry, démonstration manuelle à l'appui.

— Hum, pas évident… J'ai toujours un peu de difficulté et pourtant je l'ai bien en main, je vais peut-être devoir le finir avec les dents…

Thierry réplique avec un sourire satisfait :

— Le mien est excellent…

— … La cape doit être trop humide…

— C'est un peu le problème de ces Julietta. Mag, il faudra certainement ramoner la cave, elle a un réel problème d'humidité.

En épouse parfaite, Marguerite s'empresse de satisfaire son mari et assure qu'elle s'en occupera dès le lendemain. Georges se retourne alors vers moi en me tendant son objet au bout luisant de salive :

— Camille, voulez-vous essayer de tirer ?

— Heu… non, sans façon, je pense manquer d'un peu d'endurance pour ce genre d'exercice, dis-je avec une moue de dégoût non réprimée et très très spontanée.

Et lui d'insister lourdement :

— Vous devriez. C'est toujours surprenant une première fois sur un gros module. Cela laisse sur les lèvres un goût de caramel poivré unique.

Heureusement Mag intervient avant que le point de non-retour soit atteint et que mon ras-le-bol finisse sur le nez de mon voisin.

— Georges, Camille a dit non. Laisse-la donc tranquille. Tout le monde n'aime pas…

L'hôte-époux reprend, présentant son engin à son ami :

— Goûte un peu le mien, Georges. Il porte bien en bouche. N'hésite pas à bien tirer pour faire venir la saveur.

— Mmm… tu l'as bien préparé. Tu l'as décalotté à la guillotine ?

— Non, je préfère me servir de l'ongle de l'annulaire.

La maîtresse de maison les interrompt pour les civilités d'usage :

— Un petit cognac pour accompagner votre dégustation ?

Mon cœur-de-vieux décline et s'absente un instant. Aurait-il aussi un problème de prostate ?

Pour ma part, je prétexte un lever aux aurores le lendemain pour abréger cette souffrance auditive que mes neurones n'arrivent plus à amortir.

Comme il se doit, Georges propose de me raccompagner. Je décline poliment son offre. De toute façon, impossible pour moi d'endurer un tête-à-tête dans l'habitacle exigu de sa Jaguar. L'odeur du cuir associée à celle du renfermé-qu'il-transporte-avec-lui : je ne tiendrais pas dix mètres sans retapisser le tableau de bord de poule fourrée.

Attention ! Je sens la bavouille sur la main qui s'annonce... Eh, non ! J'ai droit aux joues ! C'est vrai, maintenant on est de « vieux » potes ! J'embrasse mes hôtes et glisse à Marguerite avec un clin d'œil :

— La prochaine fois, c'est moi qui organise. Je connais un super petit resto tout proche du crématorium du XXe... et pour digérer je te propose une visite guidée du Père Lachaise !

AUTOPSIE DU VIEUX

SES FORCES : la résistance, la noblesse, la capacité à toujours tout vouloir recommencer.
SES FAIBLESSES : la vanité et… l'arthrite.
SON ATTRAIT SEXUEL : le « bond-age », mais façon Ramsès (au moins lui, il n'a pas besoin de matos, il a déjà les bandelettes !). Et pour celles qui ont le point G excentré, sa trompe balance à droite. C'était la féerie des eaux dans les toilettes de Marguerite !
IDÉE CADEAU : une encyclopédie médicale ou un string panthère.
SON ATOUT SÉDUCTION : son dynamisme et sa façon de bouger…
SA MÉLODIE SECRÈTE : l'Éternité s'ouvre à moi.
SON ANIMAL TOTEM : l'éléphant (la seule différence entre un pachyderme et Georges, c'est qu'au moins l'éléphant trouve sa dignité à mourir seul).
SON CHEMIN DE VIE TERRESTRE : exiger et obtenir. (C'est raté, Giorgio !)

Le Sportif

Après ce premier rendez-vous, je me suis dit qu'il fallait taper carrément à l'opposé. Je ne suis pas dans l'état d'esprit de Marguerite, je n'arriverai jamais à me caser avec un tranquillisant. Non. Moi, je suis une romantique qui croit au Grand Amour !

Forte de cette nouvelle certitude, je me suis laissée vivre au gré de mes humeurs pendant quelques semaines, me délectant de chaque minute de mon autonomie retrouvée. C'est génial, la liberté ! D'accord, je suis un peu toute seule, mais j'ai appris à m'occuper : je sors, je danse, je mange, je regarde ce que je veux à la télé…

La vie de célibataire m'a aussi permis de faire connaissance avec le syndrome du monocyte-du-fond-du-gouffre, en d'autres termes : la déprime. Avec un peu de chance c'est un gouffre des mers du Sud, l'eau est plus chaude ! Sinon… on se les gèle (les virtuelles, bien sûr). J'en arrive même parfois à me parler pour entendre un peu le son de ma voix, juste histoire de savoir qu'un samedi soir à vingt et une heures je ne suis pas encore morte devant les millions de Jean-Pierre Foucault.

Mon remède à moi dans ces cas-là : les soirées-filles avec Babeth. Imparable. Au programme : thé de Chine fumé dégusté dans mon canapé moelleux, en regardant des films de filles et en refaisant le monde à la lueur des bougies. Rien de plus sécurisant que de se retrouver entre copines pour fantasmer nos vies idéales et tenter d'endiguer la spirale de solitude. C'est l'arme absolue contre le syndrome d'échec des célibs les plus endurcies. Et puis, à plusieurs, on fuit les hommes plus facilement, même si, à bien y regarder, on ne fait que parler d'eux pendant ces soirées. En bien ou en mal, mais d'EUX !

C'est au cours de l'une de ces soirées-filles, dans laquelle j'avais atterri comme par erreur un soir de déprime il y a six ans, que j'ai fait la connaissance de Babeth.

De dix ans mon aînée, elle détonnait dans cette assemblée. Toutes se pâmaient en rêvant à l'âme sœur, quand ma Babeth, elle, tentait désespérément de leur ouvrir les yeux. Elle se distinguait par ses prises de positions virulentes à l'égard des hommes, laissant poindre un cœur brisé. Ses pics d'humour cinglants toujours parfaitement ciblés masquaient à peine l'existence de douleurs encore mal cicatrisées.

Sans doute ma déprime se lisait-elle sur mon visage, car cette bonne pâte de Babeth est venue à moi instantanément, m'offrant rapidement plus qu'une expérience avisée, une amitié indéfectible.

Le premier trait de caractère de Bab est d'être très maternelle avec son entourage, sans doute parce que c'est la seule d'entre nous à avoir déjà un enfant. En revanche, il a toujours été très difficile de lui faire parler du pourquoi et du comment de ses blessures, que même le temps ne semble pas être capable d'estomper. Et j'ai dû apprendre à respecter la volonté de silence de ce caractère aguerri, derrière lequel se cache une boule de souffrance ambulante.

Bref, plutôt que de gâcher sa vie à parler des mecs sans en voir l'ombre d'un seul, nous sommes tombées d'accord Bab et moi : je devais m'inscrire dans un club de sport. Là-bas, au moins, j'aurais plus de chance d'en dénicher un beau et de mon âge. En plus, ce qui est cool avec l'exercice physique c'est que même si la pêche est mauvaise au moins ça remonte les fesses et ça fait travailler les abdos ! « Tu seras peut-être encore célibataire, mais avec un corps de déesse ! » C'est du Babeth tout craché, elle trouve toujours à faire d'une pierre deux coups : c'est pour ça que je l'adore.

Le seul ver dans la pomme, c'est que je ne suis pas très branchée sport. Mais j'ai pris sur moi : il faut savoir faire des concessions ! J'ai donc décidé de m'inscrire au Gymnase Club de Passy. Loin de chez moi, parce que mon quartier, comment dire… n'est pas tout à fait un vivier de beaux-énarques-sportifs, donc je change de zone.

Après avoir pris rendez-vous par téléphone, me voici, dès le lundi matin, sur les lieux du « crime ». Une hôtesse à la voix de Daffy Duck me, comment dire… « prend en main » dès mon arrivée. Commence alors une visite guidée des locaux digne de celle des châteaux de la Loire. J'emboîte le pas de cette charmante-jeune-brune-super-maquillée qui me fait enfiler une paire de sur-chaussures-sacs-plastiques-bleus pour le guided-tour.

La fille est une vraie caricature ! Je sors le périscope : Niques blanches aux pieds, petites chaussettes (pas de sport, sinon c'est pas total look !), le mollet est ferme et charnu, caleçon blanc moulant et hyper transparent… mais… ? mais, elle n'a pas de culotte ! Je vois même pas de triangle-déco-arrière ! J'espère pour elle qu'elle ne transpire pas trop, parce que la raie des fesses comme un caniveau, ça fait tout de suite tache sur le blanc. T-shirt moulant et palmier de cheveux noirs au-dessus du crâne, elle déclame :

— Voici notre salle de cours collectifs. Puis notre salle de musculation avec vélo trainer et rameur. Bien sûr, vous connaissez le step ?

Une légère impression d'être prise pour une truffe m'envahit. Mais à sa place et avec la voix qu'elle se tape, je ne ferais pas la maligne. Je lui réponds sur un ton qui se veut détaché-naturel :

— Bien sûr je connais. Il y a marqué quoi sur votre T-shirt ?

— Ben, Gymnase Club ! ? !

— Ah ! C'est ça. On voit bien le « M » et le « U ». Oui, avec le « nase » au milieu, j'aurais dû deviner.

Prenant mes mots pour une marque d'intérêt commercial, elle ne peut s'empêcher de préciser, figeant sur son visage un sérieux de professionnelle de la vente des produits dérivés du muscle, qu'ils sont en solde à l'accueil au prix de vingt-cinq euros. Un peu cher pour avoir marqué « nase » entre les deux seins… La visite continue à travers un labyrinthe de salles de torture.

— La salle d'aquagym, avec piscine, sauna et jacuzzi… Et pour finir, les vestiaires ! Notez la propreté : nous sommes très à cheval sur l'hygiène.

P.I.S. : Elle doit parler des sols, pas de l'air ambiant : c'est dingue ce que ça pue ici !

— Et ça fait longtemps qu'il est parti, le cheval ?

Demi-tour subit, air interrogateur de « M-nase-U », œil rond de la carpe gisant sur l'étal du poissonnier, bouche entrouverte laissant échapper une onomatopée éclairée :

— Hein ?

— Laissez tomber… J'adore les chevaux.

Après une demi-heure de tête-à-tête dans son bureau, description des cours collectifs et détail du fonctionnement de chaque appareil, « M-nase-U », qui m'appelle par mon prénom depuis le début et ça commence à me peser, m'annonce :

— Très bien, Camille, on va passer aux choses qui fâchent un peu : le droit d'entrée est de cent vingt euros, l'inscription se fait pour vingt-quatre mois et la mensualité est de cent dix euros. Je vous remets le planning des cours collectifs. Nous sommes ouverts sept jours sur sept, de neuf heures à vingt et une heures.

P.I.S. : Putain ! c' que c'est cher ! Pour se taper M.U. toute la semaine avec son caleçon moulant, option figue chapeautée d'une touffe paysagée style boule de buis du Petit Trianon ! Et en plus elle est brune !

— … Je signe où ?

Le lendemain, je me présente courageusement vers midi au club-arnaque-super-cher.

Première étape : les vestiaires. Il faut croire que les filles adorent se balader seins nus. Certainement une sorte de concours pour savoir laquelle est la mieux gaulée. J'ai l'impression d'être à la fois dans une grande marmite de silicone mélangée à de la crème auto-bronzante et une forêt vierge peuplée d'une nouvelle espèce de primates velus. Regardez-moi celle-là avec ses gros seins, si peu naturels qu'ils ne bougent même plus avec le reste du corps : elle va à droite, les seins restent à gauche. Stupéfiant ! Et celle-là avec son tablier de sapeur, assise jambes écartées à même le banc avec sa ficelle blanche qui dépasse ! On dirait une chasse d'eau modèle début-de-siècle !

P.I.S. : Faire post-it rouge dans porte de vestiaire perso : « Ne jamais utiliser le banc central. »

Mais d'où elles sortent ? On m'avait parlé d'un cheval hier, pas d'un élevage de chattes angora couplées flamands roses ! Et l'autre avec son teint de pain d'épice et ses lèvres en cul de poule façon furoncle de collagène !… OK, OK, OK, j'avoue : même si certaines sont en partie refaites et d'autres super poilues, il y en a quand même des mega bien foutues. Je soupçonne Babeth d'avoir passé volontairement sous silence cette info parce que forcément si tu n'as pas des mensurations idéales, tu développes un complexe.

La sortie du vestiaire n'est pas triste : je me suis complètement loosée sur le look en apportant mon survet ample style 93 ! « M-nase-U », qui s'appelle en réalité Myrtille (pourtant la chanson c'est : les brunes ne comptent pas pour des prunes !), me prend en charge et me voilà à cheval (le fameux), sur un vélo pour le diagnostic cardiaque. Pendant vingt minutes, je pédale sur place avec la très nette impression de gravir l'Himalaya. Résultat de la course : pouls à 105. Pas trop mal pour une débutante, mais j'ai super mal aux mollets !

Deuxième étape : la balance infernale. Grâce à elle, mon poids est disséqué. J'affiche un 57 kg réparti entre une masse graisseuse de 12,9 (l'idéal étant qu'elle soit comprise entre 9 et 20) et une masse maigre de 44,3 (le minimum étant de 47). Et là je sens le regard oblique et suffisant de mademoiselle fruits rouges qui m'en dit long… Je vais finir par la haïr.

Le planning pour ma remise en forme obligatoire (si je veux trouver un mec valable) débute par les steps, appareil sur lequel je ressemble au Tyrolien grimpant sa colline qu'il faut dégommer avec des fléchettes à la Foire du Trône. J'enchaîne ensuite sur une série de pectoraux, avant d'attaquer les dorsaux : là, je suis restée debout, sans réussir à descendre la barre pour m'asseoir sur le siège. On finit par les abdos : allongée sur un banc incliné, style planche de salaison pour saumons, la tête en bas, je dois remonter.

J'ai mal partout, mais il faut continuer. La barquette de baies me regarde du coin de l'œil pour savoir à quel moment je vais craquer. Elle ne me connaît pas ! Je tiendrai. Plutôt mourir que d'arrêter !

Dernière épreuve : le cours collectif en musique disco (c'est peut-être pour finir plus vite qu'ils prennent ce rythme-là !). Mon problème est que toutes ces filles font la même chorée depuis des mois et que j'arrive un peu comme un cheveu sur la soupe. Non, plutôt comme un éléphant qui essaierait de suivre un troupeau de gazelles Thompson ! J'ai l'impression de m'être trompée de salle et d'être au casting Pop Stars face à Mia, super énervée de me voir tout niquer son cours.

Une heure après ce premier contact et une bonne douche commune avec toutes les nymphettes, je rejoins mon bureau vannée et en retard d'une demi-heure.

À force d'aller trois fois par semaine chez miss M-nase-U, je m'épuise et j'ai mal partout. Mais il paraît qu'il faut supporter ce type d'épreuve et qu'un jour viendra… Résouss te récompense… Mais pour l'instant le constat est le suivant :

— Première concession : gros investissement financier.

— Deuxième concession : avoir les muscles bandés et douloureux en permanence (et là, j'ai une pensée compatissante pour… les lapins et les malades du priapisme).

— Troisième concession : la patience ! Parce que côté mec, c'est le calme plat. Les clients sont soit des vieux-beaux, soit des jeunes-gros. Il n'y a que les profs de bien foutus. Et s'ils sont profs de gym, j'en déduis qu'ils ne sont pas énarques. À bien y réfléchir pourquoi s'obstiner à vouloir allier les extrêmes : Jean-Claude Van Damme croisé Giscard d'Estaing… Pfff… Il va falloir que je choisisse. Remarque, Jean-Claude est assez philosophe.

Après deux mois d'efforts surhumains (en tout cas pour moi) et ne voyant toujours rien venir, je décide de changer de créneau horaire. Ayant noté certains regards de travers avec sourire en coin et quelques pincements de nez lorsque j'arrivais en sueur à un déjeuner ou à un rendez-vous professionnel, j'ai décidé d'arrêter le massacre. Il faut l'admettre, le sport c'est bien mais entre midi et deux heures, à la bourre et douche rapide, je véhiculais, comme une traînée de poudre derrière moi, une odeur évoquant plutôt la travailleuse du fond de la mine que le parfum d'une rose.

OK ! OK ! OK ! OK ! J'admets. Effectivement, c'est arrivé une fois et UNE SEULE FOIS ! Un jour, alors que je venais d'arriver à la salle de gym, mon assistante me téléphone pour m'avertir que la réunion avec notre plus gros client était avancée d'une heure. D'accord, je n'aurais peut-être pas dû. Mais dans une démarche saine et constructive, et pour ne pas perdre, ni la possibilité d'une rencontre (on sait comment ça se passe : tu trimes pendant des mois et la seule fois où tu n'es pas là, IL arrive !), ni mon acquis musculaire, j'ai décidé de faire quand même mon entraînement d'une heure… en accéléré… Et pour gagner du temps… je l'ai fait en tailleur !

Naturellement rien ne s'est produit sauf la découverte d'une nouvelle senteur à mi-chemin entre l'humus du fond de la forêt bavaroise et la bergerie des alpages. En d'autres termes : je sentais le bouc.

Lundi matin : reprise du boulot et hantise d'aller une fois de plus remodeler mon corps. Mais il faut persévérer. Avec un peu de courage et ma chanson magique : « C'est reparti pour un tour, Y'a de la bagarre dans l'air, Heureusement qu'il y a des jours, où Caca a du Fer ! »

Caca c'est l'abréviation de Camille : pas très heureux je vous le concède. Mais essayez la chanson, elle donne une pêche d'enfer ! Bref, me voici prête pour une nouvelle séance de torture. Et là, stupeur ! Le voilà ! Conforme à la description que je pourrais donner de l'idéal masculin – physiquement, du moins.

Assis sur un banc, il travaille ses dorsaux. Ses bras s'élèvent, il expire et descend la barre transversale juste au creux de sa nuque. Ses biceps se bandent, il travaille en profondeur. Le mouvement est lent. J'observe les perles de sueur dessiner l'arrondi de son épaule, suivre le relief sculpté de sa musculature pour se perdre à la naissance du coude ; et déjà les bras s'étirent à nouveau. Soulignée par son T-shirt blanc sa peau rappelle la couleur de la souche cinq du carnet des séances d'U.V. Zoom avant de mon œil : la respiration de cet étalon imprime par intermittence sur le marcel humide l'empreinte de ses abdos et de ses pectoraux puissants.

Phase de repérage effectuée.

Phase d'abordage : ça va être plus dur, mais il faut bien se lancer. J'escalade la machine-à-faire-mal installée en face de la sienne. Pas de chance, c'est celle… des intérieurs cuisses ! La position n'est pas terrible pour draguer-aborder : assise, les bras arrimés, les jambes écartées et retenues par des poids entre les cuisses, OK. Et Un, je serre… Et Deux… Saperlipopette ! je ne peux pas retenir ! Ça s'écarte tout seul ! Haaaa !… Allez, on y retourne. Super ! Je serre…

j'écarte… je serre… J'espère au moins que je n'ai pas de trou à mon jogging, ça ferait mauvais-genre-laisser-aller. Le goujat ! il ne me regarde même pas. On dirait qu'il… se contemple dans le miroir d'en face en matant de temps à autre les nanas du cours collectif.

OK ! OK ! OK ! OK ! Il veut se la jouer comme ça, Bob ? Je change de méthode. Je rejoins le cours collectif. La musique est super dynamique, je n'arrive pas à suivre. Laisse tomber ! J'ai fait un strike ! Huit baleines à terre. Une vraie cata… Mais au moins je l'ai fait rire. Premier objectif atteint : il m'a remarquée.

Attention ! Il se dirige vers les vestiaires. Nom de Zeus ! Je m'engouffre à mon tour dans l'écurie des bombes. Choix stratégique important : je ne peux pas prendre le risque de rater sa sortie sous peine de devoir me taper encore plusieurs mois de calvaire musculaire et d'odeurs d'aisselles. Allez, ma cocotte ! Réfléchis vite. D'abord, une douche s'impose car phase d'abordage impossible si odeur de chacal. Je fonce. Dégage la morue, j'ai rendez-vous avec le seul mec potable de tout le club et il est pour moi ! Je ne le laisserai pas passer. Dépêche ! Elle est propre ta moumoute ! On rince et on laisse la place ! Enfin… Rapidité, dextérité, sent-bon… Attention, pas d'eau sur les cheveux sinon tronche de serpillière. Remarque… On la joue comment ? Effet brushing du matin raplapla le soir et la fille qui ne s'est pas lavée en entier ou plutôt… Oui… c'est ça, ça assure plus : allez, tête sous l'eau. Fini. On passe à l'habillage. J'enfile mon collant. Par Toutankhamon ! je l'ai filé ! Pas ça ! Pas maintenant ! ! ! ! ! Je tente de fermer la jupe. Non ! le bouton qui pète.

Mais c'est vraiment de la merde ces fringues !

P.I.S. : Post-it rouge sur le frigo : « Aller faire scandale dans la boutique et obtenir remboursement du tailleur » et ne plus jamais y remettre les pieds !

Ce n'est pas possible de se faire lâcher dans un moment pareil. Je vais porter plainte pour perte d'une chance de rencontrer l'homme de ma vie ! Tant pis, je remets mon jog. Il est dix-neuf heures, cela passera très bien. Flûte ! je n'ai pas de T-shirt.

Berries' entre dans le vestiaire.

— Myrtille ! Vous tombez bien. Il me faut absolument un T-shirt. Sauvez-moi la vie !

— Je connais ça ! me répond-elle avec un sourire plein de sous-entendus.

Elle revient deux minutes plus tard avec un T-shirt. Je déplie : « M-nase-U ». Eh ! Crotte ! C'est vraiment la faute à pas de chance. Mais à la guerre comme à la guerre !

On passe au visage : cheveux plaqués en arrière. Un peu de maquillage et je ressemblerai à Romy dans *La Piscine* ! Un coup d'œil à ma montre : dix minutes chrono. Top !

Je sors des vestiaires. Direction le hall. Pas de beau Brun. Myrtille me rappelle gentiment qu'il existe un bar et m'indique sa direction.

Décidément, c'est un ange cette fille !... Pas rapides. Il faut que je me calme... Keep cool, Caca ! On se détend. Entrée sur le terrain, démarche langoureuse. Pas de beau-man. Déception. Je me retourne dépitée... Il est là. Youpi !

— Bonsoir, me dit-il, canette de boisson protéinée à la main, vous prenez quelque chose ?

Sur ses bons conseils, je commande un jus de carotte. Ça… ça… ça se boit ce truc-là ? Beurk ! J'en ai plein la bouche. J'avale. Quelle horreur ! T'aurais pas un kleenex, Don Juan ? Je n'ai qu'une envie, celle de m'essuyer la langue. Après cet apéritif, nous attaquons la phase échange de banalités consternantes, mais pour une fois que j'en tiens un, je ferre. Faut pas faire la difficile par ces temps de disette.

Rendez-vous est pris pour un entraînement en commun le lendemain à dix-neuf heures.

Après une semaine de transgouttation partagée, je souffre le martyre et n'arrive presque plus à marcher. Mes escarpins me donnent des allures de Cheetha, comme si la selle du vélo m'était restée dans la raie. Pas très féminin, tout ça ! D'ailleurs il faudra que je fasse une lettre aux concepteurs de vélocipèdes parce que les selles sont de plus en plus étroites ! À croire qu'ils sont de mèche avec Nana pour le lancement des pattes-à-cul string.

En plus, j'en ai marre du jus de carotte romantique après l'effort. Ça me donne la diarrhée. Mais c'est pour la bonne cause, me serinent les copines, alors je fonce… et pas qu'à la salle de gym !

Chaque jour, je rejoins François pour une séance d'efforts musculaires. Chacune de ses paroles m'insuffle une nouvelle motivation dans le dépassement de mon moi corporel. C'est incroyable l'attention qu'il porte à ma petite personne, ça me donne des ailes. J'ai plus progressé en une semaine à ses côtés qu'en deux mois avec le programme de Myrtille.

Au bout de quinze jours, nous prenons notre premier rendez-vous en dehors de la salle. Génial ! Pour un week-end entier à la montagne. Je n'y crois pas ! Il passe samedi aux aurores me chercher en bas de l'appart. Super !

Son amour-passion pour la nature et le sport sont pour lui plus qu'une hygiène de vie, un régime vital. Cadeau tout trouvé pour mon Roméo : un kit de survie. Je vais enfin pouvoir tester sur le terrain les produits que je défends à longueur de temps.

Je passe les derniers jours précédant le départ à fantasmer sur les choses les plus folles : perdue en pleine nature avec un athlète, dans un petit chalet cosy… feu de cheminée et peau de bête…

Routes sinueuses de montagne. J'ai mal au cœur, j'ouvre la fenêtre. Il parle peu en voiture, donc je m'adapte. Bande son : France Info. Pas pour l'actu mais pour le bulletin météo. Ça laisse songeuse… Seule discussion amorcée : les pressions, dépressions, cumulo-nimbus et les mini-bars (là, je n'ai pas compris). Mais le vocabulaire est intéressant. Je me demande s'il y a un double niveau de langage dans ce qu'il dit ? Dans le doute, je m'abstiens de répondre. Mieux vaut passer pour la fille de Bernardo que pour une imbécile. Bref, j'ai pas tout compris… mais il va faire beau. C'est pour ça que l'on part ce week-end-là.

La voiture stoppe, après cinq heures de route, dans une jolie clairière. Je cherche, je cherche… Mais il est où, le chalet ?... la cheminée ?... la peau de bête ?... Il n'y a rien à part un pré et quelques bosquets... qui doivent servir de paravent pour commodités féminines. Ça doit pas être ici !

Sur un ton sibyllin, je m'enquiers :

— La vue est superbe. On voit bien la vallée. Et... le chalet ? Il est où ?

François, le nez dans le coffre, m'envoie assez fièrement un « J'ai tout prévu ! » et sort un gros paquet de toile vert camouflage.

— Tu peux prendre le sac de matériel, s'il te plaît ?

Bien, bien, bien... Il faut voir le côté positif : au moins sous une tente, nous serons seuls et proches. J'ai donc quand même de grandes chances de me dégourdir les ovaires.

Finalement, c'est assez bien qu'il ne parle pas trop. Il doit être d'une nature un peu introvertie, typique de l'homme scorpion. Et puis, quand il l'ouvre, c'est pour discuter avec passion de sport, produits bios, nature et météo. Alors quelque part, ça me repose. C'est vrai, quoi, tous ces mecs qui te prennent le chou pour ne rien dire ! Au moins, celui-là, il ne pense pas, donc tout est simple. La méthode Coué, vous connaissez ?

Une fois la tente montée, préparatifs culinaires. Évidemment, j'ai déjà compris que le déjeuner romantique à l'auberge du coin, il fallait oublier. Y a pas d'auberge à moins de cinquante kilomètres à la ronde ! C'est quand même le trou du cul du monde, ce nid d'amour ! Et si on a un problème, il y a des autochtones pour nous secourir ?

— Tu as besoin d'aide pour le déjeuner ?

— Non, non, c'est prévu aussi. Va faire un tour, je m'occupe de tout.

Il est vraiment adorable. J'en profite pour aller inaugurer le paravent. Nom de Zeus ! ce qu'elles sont hautes les herbes ! C'est quand même plus facile pour un mec. Nous, les nanas, on est obligées d'accepter de faire pipi en se faisant chatouiller l'œillet par une pâquerette. Encore heureux, celle-là a déjà été butinée !

Nappe à carreaux blancs et rouges, vaisselle en porcelaine, serviettes en tissu, couverts en argent… Il sort d'un magnifique panier pique-nique en osier les victuailles pour ce déjeuner sur l'herbe. Au menu : club-sandwiches au saumon, tomates-cerises rougies par les rayons du soleil, pain frais croustillant avec fromage de chèvre, plateau de fruits et limonade artisanale. Délicatement posé au centre de la nappe : un bouquet de pâquerettes fraîchement cueillies…

Quel romantisme ! Chaque mec a, en général, un truc rodé pour faire tomber les filles. Lui, ce doit être le pique-nique. Il faut avouer qu'il est passé maître en la matière. « Là tout n'est qu'ordre et beauté, luxe, calme et volupté… » Tout un poème de déguster son club du bout des lèvres (ça ferait mauvais genre de s'en mettre partout !). Allez, on va lui faire un petit peu de gringue. C'est un beau mec, un paysage de rêve, un temps magnifique… J'en rêvais…

Il me regarde : Détache tes cheveux, Camille ; mouvement de la tête, yeux mi-clos, genre je respire et m'alanguis dans la chaleur des rayons du soleil qui caressent ma peau.

Mmmmm ! ! ! J'ouvre les yeux. Regard direct dans les siens. Il n'a pas décollé. Phase suivante.

On s'allonge dans l'herbe. La position. Bien faire attention à la position. Sur le dos, ça fait rentrer le ventre.

Bide plat, abdos d'enfer. C'est bon, ça assure. Je relève légèrement le T-shirt pour qu'il devine le ventre et puisse commencer à imaginer le reste. Bien garder l'air complètement naturel et spontané du geste. Très important. C'est toute la différence entre la vorace impatiente et la jeune fille en fleur qui s'oublie quelques secondes pour faire profiter sa peau des bienfaits de la nature. Légère brise. Frisson… Fait froid… Mais c'est bien ! Ça fait pointer les seins. Regard rapide : OK, il mate.

On remonte une jambe. Bon, le jogging n'est pas du meilleur effet, mais on va faire avec. Voilà, c'est juste la bonne hauteur. Le haut du jog se soulève un peu, la hanche se creuse et donne carrément l'impression d'un ventre incurvé. Ça, ils adorent… enfin, normalement. Pourvu qu'il n'aime pas que les filles bien dodues ou « pulpeuses » comme disent les nanas entre elles pour éviter les mots tels que : gros tas, boudin, thon et autres sobriquets affectueux.

Je ferme les yeux. Semblant de dormir. Allez, mon coco ! passe à l'attaque : je suis offerte, prête à être cueillie… Il devrait venir s'allonger à mon côté, m'enlacer tendrement et m'embrasser. Nous échangerions un regard complice…

Moi, expression de presque pucelle qui a complètement craqué pour qu'il se sente en position de force et qu'il se lance. Lui, baiser plus approfondi, mains qui courent sur mon corps… Attention : contact peau au niveau du nombril ! Ça le fait !

Mais qu'est-ce qu'il attend ?

— Prête pour le sommet ?

Je me redresse le regard surpris. Quoi ? C'est une nouvelle position du Kama-sutra ? Connais pas. Mais non, il regarde le haut de la montagne ! Ce retour sur terre est plutôt violent. Je reprends sur un ton faussement naïf et l'espoir fou de ne pas avoir tout compris :

— Quel sommet ?

Ses yeux restent fixés sur le pic rocheux. Non, j'ai bien compris.

Pourquoi les hommes ne savent jamais sentir le moment précis où une femme est prête ? Il gâche tout avec son sommet ! Allez, ce sera sûrement encore plus romantique là-haut. Fais-lui confiance. Jusqu'ici, il ne t'a pas déçue… pas trop. Un petit peu de Coué et tout va repartir ! J'ai la pêche ! J'ai la pêche ! J'ai la pêche ! On y va. Une petite balade nous mettra en appétit pour ce soir.

L'excursion vire rapidement au cauchemar. Après trois champs d'herbes hautes qui grattent, nous arrivons dans un sous-bois. Là, ça se corse.

La pente se raidit, les feuilles sont mouillées et en dessous il y a des rochers. Si tu te casses la figure, c'est l'écorchure assurée et quelques jours plus tard, les genoux rouges et une grosse croûte. Pas top sous les bas.

Il ne parle pas, ne semble même pas profiter du paysage.

C'est moi ou quoi ? Plus le temps passe, plus j'ai l'impression qu'il marche vite ! On est parti depuis deux heures et toujours pas de pause ! Il est increvable ? Assure Caca, tu seras bientôt récompensée et, avec l'endurance qu'il a, ça nc peut être qu'un véritable étalon. Bon, allez, pour t'aider à garder le rythme, fixe un point, droit devant… Il a des fesses vachement musclées !

C'est incroyable, les hommes : comme les enfants, ça fait tout à pleine force jusqu'à se faire mal. Ça joue au tennis jusqu'à se déboîter les articulations ; ça écrit jusqu'à ce que la plume rentre dans le doigt ; ça rame pour traverser l'Atlantique ; ça boit jusqu'à rouler par terre ; ça bouffe jusqu'au rot final. Les pauvres, ils doivent avoir de ces tensions à évacuer ! En l'occurrence, ça grimpe jusqu'à finir en rampant. J'espère que les céréales super vitaminées refilent la barre illico, sinon, je ne vois pas comment il va faire après douze heures de marche. J'y pense, j'aurais dû apporter le truc de mes copains de fac. Pour les partiels ils avaient trouvé des vitamines et un slogan associé : « Avec Biotone, mon sexe pèse une tonne ! » C'est pile poil ce qu'il m'aurait fallu pour ce soir.

Ça a commencé tellement romantique… Remarque un sportif… Il est peut-être dans le trip faire l'amour nus, à la belle étoile, corps transpirants glissants l'un contre l'autre, sur un tapis de mousse…

Nom de Zeus ! Quel animal a pu faire ça ? J'ai frôlé le masque à l'argile ! Mon instinct d'apache se réveille… Nous ne sommes pas seuls… Ça a l'air relativement frais, l'animal a environ trente minutes d'avance sur nous. On l'aura au sommet, il est cerné. Eh ! Gégène, t'as ton fusil ?

— Ça vaut la peine, hein ?

Je transgoutte, et les muscles de mes jambes vibrent comme pour m'envoyer un message en morse. Lui a l'air en pleine forme. Je réponds, haletante :

— Vraiment superbe, cette vue. On voit bien le soleil… et le tapis de brume qui cache tout le reste.

— Tu sais, je n'ai jamais été aussi heureux que cette soirée-là. Nous marchions dans un sous-bois, un peu comme celui-ci ; c'était le printemps… Un printemps où il faisait beau, une saison qui n'existe que dans les Alpes du sud, là-bas on l'appelle l'été alpin, mais c'était tout simplement le nôtre. Avec ton jogging tu ressemblais à une aquarelle de Momo le pinceau… Et je me souviens, je me souviens très bien de ce que je t'ai dit cette soirée-là, il y a un an, il y a un siècle, il y a une éternité…

Mais qu'est-ce qu'il raconte ?… Il semble à mort dans son trip. Regard perdu dans le lointain, droit comme un I, mains sur les hanches et jambes écartées (limite, il commencerait une séance d'étirements). C'est un message ou un délire ? Je ne comprends plus moi… J'chui fatiguée… C'est quoi ce plan ?

Mais il ne s'arrête pas ! ! ! ! ! !

— … On ira… où tu voudras quand tu voudras… et l'on s'aimera encore, lorsque l'Amour sera mort… Toute la vie sera pareille à ce matin, aux couleurs de l'été alpin…

Ça me dit quelque chose… Mais… mais c'est du Joe ! ! ! !

Fantastique ! Hallucinant ! Ce mec fait cinq cents bornes à vomir dans une voiture, puis quatre heures de marche pour venir déclamer du Joe en haut d'une montagne pour le seul plaisir des bouquetins ! Fascinant ! J'ai tiré le gros lot. Il faut absolument que je raconte ça aux filles ! Elles ne vont pas me croire. D'ailleurs, c'est impossible à croire un truc pareil. On dirait le droïde séducteur de *AI*, qui met la musique en route en penchant la tête.

Mais il la connaît par cœur et en entier !

— … Aujourd'hui je suis très loin de cette soirée de printemps, mais c'est comme si j'y étais. Je pense à toi… Où es-tu ?…

De peur de déranger, je prends une petite voix fine et fluette et ose un « Je suis là… ».

Restée sans réponse, je regarde le soleil disparaître dans le paysage. Vision idyllique, sensation de bien-être, comme dans un film… sauf que mon esprit est figé de stupeur par les répliques du principal protagoniste ! Il est vraiment atteint, ce type ! Celle-ci, on ne me l'avait jamais faite. Je crois que, même en rêve, tu ne peux pas l'imaginer.

Mais… Mais il va où ?… Il repart ! ! !

— Attends-moi ! Tu fais quoi là ? Il fait presque nuit, on ne va pas repartir dans la forêt ?

Il essaye de me semer ou quoi ? Yé nan po piou… C'est quoi ce plan ? Help ! ! ! Je m'enfonce dans le sous-bois en tendant le bras en avant. Ça y est, je le tiens. Je m'accroche à son T-shirt. Toi, mon coco, je ne te lâche plus. Le sol est glissant, et François descend de plus en plus vite. Je resserre mon accroche de peur de le perdre.

— Haaaaaaa ! Je tombe. Mais aide-moi. Ralentis !

— Arrrrrêêête dé mé ténir rhomme ça, yé pé plus rrespirer. Tu m'étrangles ! ! ! Lèche du mou ! ! ! »

— Y a pas de mou qui tienne. Je dérrrrrr-raaaaaaape !

Le sol se dérobe sous mes pieds mais je ne lâche pas prise ; nous roulons dans la boue et les feuilles humides. La glissade s'arrête. Tel un cabri, François se redresse, me tend une main et m'aide à me relever avant de me lancer comme si de rien n'était :

— Il faut faire vite avant que la brume descende dans le sous-bois.

Super plan ! J'enlève la dernière feuille collée sur ma joue et l'interroge :

— Dis-moi, on a marché deux heures pour le panorama et te permettre de déclamer ton texte ?

— C'était fantastique, n'est-ce pas !

Je reste perplexe. Il enchaîne :

— Tu vas voir, la descente est beaucoup plus rapide.

Il fait très sombre. Je ne vois plus la voiture. Heureusement, le butagaz nous indique l'entrée de la tente. Évidemment, ça attire un peu les moustiques…

— Alors, choucroute en boîte ou cassoulet ?

Cette question stoppe net le mouvement de ma main qui s'apprêtait à violemment suicider sur mon front un énième insecte suceur de sang. Perplexe, je balbutie :

— Euh… plutôt choucroute.

Le temps de fermentation étant plus long, avec un peu de chance les effets secondaires ne se produiront que dimanche soir à la maison.

— Demain, on trace pour atteindre la cascade. Après cette fameuse choucroute, une bonne nuit de repos et hop ! la forme !

Le doute s'installe, je ne comprends plus.

— La cascade ? Quelle cascade ?

— Tu sais, comme ça en te voyant, j'aurais jamais imaginé que tu puisses aimer ça.

— Quoi ?… la choucroute ou la cascade ?…

— La nature, la rando. Je t'ai vue près d'un laurier, tu gardais tes blanches brebis, quand je t'ai demandé d'où venait ta peau fraîche tu m'as dit, c'est de rouler dans la rosée qui rend les bergères jolies et quand j'ai dit qu'avec toi je voudrais y rouler aussi, tu m'as dit…

P.I.S. : Mais qu'est-ce qu'il raconte ?

— … Tu m'as dit d'aller siffler là-haut sur la colline, de t'attendre avec un petit bouquet d'églantines. J'ai cueilli les fleurs et j'ai sifflé tant que j'ai pu ; j'ai attendu, attendu tu n'es jamais venue.

P.I.S. : Et toi t'es là ?

Cet homme est vraiment plein de ressources ! Je ne peux m'empêcher de poursuivre et laisse échapper un : « … Zaï, Zaï, Zaï, Zaï… » un peu ironique mais qui n'a pas l'air de le perturber le moins du monde.

— … À la foire du village, un jour, je t'ai soupiré que je voulais être une pomme suspendue à un pommier et qu'à chaque fois que tu passes, tu viennes me mordre dedans, mais tu es passée tout en me montrant tes jolies dents, tu m'as dit…

— Je suis désolée pour la pomme, je suis vraiment désolée, mais dans la choucroute il n'y a que des saucisses. Si tu tiens aux pommes, la prochaine fois, il vaut mieux que tu prévoies un boudin.

Après ce dîner éclairé au butagaz et la déclamation digestive de mon hôte, nous nous retrouvons enfin sous la tente. Cette première expérience de camping m'aide à découvrir de nouvelles sensations jusqu'alors insoupçonnées. Par exemple le plastique de la tente fait un peu étuve et ça retient bien les… odeurs !

Ça pue un peu des pieds… Et toutes ces taches de boue sur le visage et les bras, ça gratte… Il faudra lui expliquer que les masques, en général on ne les laisse pas posés douze heures !

Bon, je tente le rapprochement. Allez, technique du serpent : ondule dans ton sac de couchage, Caca. Eh, hop ! me voilà plaquée.

Ah ! Plus de doute, c'est vraiment lui qui sent des pieds.

Doux murmure à l'oreille. Oh ! Il a même transpiré des cheveux… Allez ! Allez ! Courage Caca, t'as les trompes qui claironnent.

— Un massage me ferait tellement de bien après tous ces efforts. J'ai les muscles douloureux… Hou hou ? ? ?… Hou hou ? ? ?

Mais il dort ! Laisse tomber ! Moi aussi je suis crevée. Le trip c'est : montagne, montagne, montagne. Si j'aurais su, j'aurais pas venu… Bonne nuit Schwarzi !

— Rrrrrrrr ! ! ! ! ! ! !

J'ouvre un œil et tends l'oreille sans bouger.

— RRRRRRRrrrrrrrrrr ! ! ! ! ! !

Caramba ! Il y a un mammifère à l'extérieur !

Je prends une petite voix pour ne pas attirer la bête et murmure :

— François, François ! Je crois qu'il y a un animal qui tourne autour de la tente !

— Hein ! Quoi ! me demande-t-il complètement endormi, et moi de répéter en forçant mon articulation sans hausser le ton :

— Il y a une bê-te qui tour-ne au-tour de la ten-te !

— Mais non. J'entends rien.

Il se retourne et me laisse à peine rassurée. Quelques instants s'écoulent, mes yeux se ferment à nouveau. Soudain le bruit ressurgit de nulle part !

— RRRRRRRRRRrrrrrr ! ! ! ! !

Je me redresse et guette un éventuel mouvement animal : j'observe l'extérieur au travers de la toile de tente un peu comme si mes oreilles étaient devenues mes yeux… Après un moment de scrutation auditive, ma tête, attirée par le son, penche légèrement en direction de mon compagnon de nuitée. Mais… mais c'est lui le bruit ! Il ronfle ! Tu m'étonnes qu'il n'entende rien !

Il fait froid. Y a comme de l'humidité qui remonte du sol.

Floc ! Floc ! Je me tourne et reçois des gouttes dans l'œil :

— Mais, c'est quoi cette eau ?

— RRRRRRRRRrrrrrr ! ! ! ! !

J'ai envie de faire pipi. Comment on fait pour sortir de cette capote en plumes d'oie ? OK, technique de la chenille.

La nuit est vraiment très sombre en montagne. Y a

pas de réverbères ! Un buisson me suffira... Tout compte fait, je ne vais peut-être pas m'aventurer trop loin. Je fais pipi là où je suis.

— Debout, Camille. Réveille-toi.

— Hein ?

Il fait encore nuit dehors et je n'aperçois qu'une petite lueur d'étoile. Je me retourne et reprends la position du dormeur. Il me secoue.

— Allez, c'est l'heure de partir.

— Mais François, je ne suis pas insomniaque, moi. Il me faut plus de trente minutes pour passer une bonne nuit ! lui dis-je en m'entortillant dans le duvet.

Il me tend une bonne barre de céréales, de celles qui collent bien aux dents, et une tasse de Nescafé.

— J'ai mis un temps à faire démarrer le butagaz. Il était tout mouillé.

— Ça, c'est la rosée du matin pas encore levé.

— Non, non. Il baignait dans une flaque. J'ai dû essuyer les brûleurs un à un avec mon T-shirt.

Je ne veux pas comprendre, mais cette remarque finit par me réveiller complètement. Je me saisis délicatement du café offert et ingurgite le breuvage chaud en faisant particulièrement attention à ce que mes lèvres ne fassent que frôler le rebord de la tasse.

— Je prends la salle de bains en premier ! Au fait, on se lave où ?

— Il faut attendre la cascade ! Tu verras, l'eau est pure et fraîche. Il n'y a rien de tel pour se revigorer !

Me souvenant de la chute de la veille, je reste méfiante et propose :

— Tu ne crois pas qu'il vaut mieux attendre qu'il fasse jour avant de se mettre en route ?

— Mais non, on y va ! me répond-il de son ton toujours jovial.

— OK.

Tel un des sept nains, je me lève pour partir à la mine en fredonnant : « Hi-ih, Hi-oh… »

François m'interrompt :

— Mais, c'est pas du Joe ?

— …. Non, c'est du Walt !

P.I.S. : Eh ben, tu t'es vraiment pas surchargé de ton esprit, toi !

Bon, en descente c'est sympa. Mais il va bien falloir revenir, et donc… monter. J'en peux plus d'avance. Je suis sur les rotules, tellement fatiguée que mes yeux tombent de ma tête. Vivement les pots d'échappement, le bruit de la ville… Vos gueules, les oiseaux !

Qu'est-ce qu'il peut faire comme bruit, ce silence !

Une heure plus tard, arrivée à la cascade : je pars en vrille.

— Putain ! ce qu'elle est froide ! Mais t'es complètement malade ! Overdose de ta nature ! Overdose ! Ça s'appelle un ruisseau, ton truc, pas une cascade ! Tu veux pas non plus qu'on se mette à gober les truites ! Et ce silence ! Mais y a pas de silence ici ! Tout fait du bruit, j'entends même crier les feuilles ! Même elles, elles en peuvent plus d'être là !…

Il s'approche bras ouverts, pour m'enlacer :

— Ne t'inquiète pas, je suis là. N'aie pas peur…

— Mais j'ai pas peur ! Tu comprends pas, je veux me barrer ! Moi, ce que j'aime c'est la bonne bouffe, le confort des apparts bien chauffés, les couettes douillettes, les oreillers dans lesquels la tête s'enfonce, les salles de bains, même petites, avec eau chaude, la lumière électrique… Et Serge Lama ou Gilbert Bécaud !

Le remake de Heidi sur les pentes alpines, c'est pas mon truc. Le trip cheveux qui collent, auréoles sous les bras, mollets et visage mouchetés de boue, haleine fétide et pieds couverts d'ampoules, c'est pas mon truc ! Je suis vraiment désolée…

AUTOPSIE DU SPORTIF

SES FORCES : l'endurance, la solidité et la parole.
SES FAIBLESSES : l'odeur, la choucroute en boîte et… Joe.
SON ATTRAIT SEXUEL : il a l'air d'être fourni comme un taureau, mais je ne sais pas s'il sait s'en servir.
IDÉE CADEAU : une compil de Joe.
SON ATOUT SÉDUCTION : son physique d'athlète.
SA MÉLODIE SECRÈTE : la nature est mon élixir de vie.
SON ANIMAL TOTEM : le bœuf (tout en muscle, résistant, en plus ça ne bouffe que de la pelouse… mais verte ! Donc sauf si tu es la femme du Géant vert, une mante religieuse ou la sœur d'E.T., tu as peu de chance de croiser le chemin de ce brouteur-ruminant.)
SON CHEMIN DE VIE TERRESTRE : jouir de tous les bienfaits de la nature pour optimiser sa vie.

Le Quadragénaire

La campagne derrière moi et la salle de gym devenue un passe-temps de seconde zone dans ma vie, j'ai mis de côté volontairement, et après une longue analyse de ma situation, mes ambitions amoureuses. Je crois finalement que le problème c'est qu'un peu trop de liberté, ça tue tout le reste. Et puis, nous, les nanas, nous sommes des éternelles insatisfaites. C'est dans les gènes ! Nous ne pouvons rien y faire ! Grégoire est trop Grégoire, Georges est trop vieux et François trop sportif… Et ainsi de suite…

Dans un premier temps, j'ai repris pied dans la réalité en m'investissant dans mon boulot. Passionnant ce boulot : je travaille dans une entreprise en plein essor (ça, c'est le côté hyper positif), domiciliée sur les Champs-Élysées (une bonne adresse, ça aide !), un bureau pour moi toute seule avec de la moquette à poils longs et une porte qui ferme. La seule chose qui manque d'intérêt c'est… le produit lui-même. Une entreprise commercialisant « au niveau mun-dial » des kits de survie pour randonneurs… c'est pas évident pour la motivation, même quand, comme moi, on va jusqu'à faire du terrain pour tester les produits !

Dans un second temps, je suis sortie de mon bureau, de chez moi, pour écumer les boîtes, les restos, les cocktails mondains et j'en passe… Mais je me suis vite rendu compte que je n'avais rien à dire à toutes les nouvelles connaissances qu'on se fait dans ce genre d'endroit et avec qui il faut soit se la jouer hypocrite en subissant les histoires de cœur sans fin des unes, soit intéressée en écoutant les prouesses sexuelles des autres. J'en suis arrivée au constat suivant : les copains-copines, ou bien tu les traînes depuis l'enfance, ou bien ce ne sont pas des « vrais ».

Ce soir, activité pince-fesses-boulot. Pour ne pas mourir d'ennui, seule, d'une crise d'abandonnite aiguë, j'ai demandé à Babeth de m'accompagner.

Nous traversons le hall d'entrée d'un hôtel particulier parisien. Tout semble rappeler le château de Cendrillon, les lustres en verre de Venise, les consoles en bois doré dessus marbre, un tapis rouge indiquant le chemin à suivre jusqu'au perron donnant accès au jardin. Babeth me tire doucement par le bras, mais je reste figée devant ce décor de rêve, m'imprégnant de chaque détail comme pour ne jamais oublier que le beau existe. M'abandonnant dans ce paysage onirique, elle se dirige vers le jardin.

— Bonsoir…

Une voix grave et suave me tire de cet émerveillement. Je réponds à ce « bonsoir » en me retournant machinalement. Mes yeux sont alors happés, comme sous l'effet d'un coup de soleil mes joues s'enflamment, mes jambes se dérobent. Il continue à me fixer de ses yeux clairs.

— Vous travaillez pour Sports TV ? Vous êtes journaliste ?

Malgré mon trouble, j'arrive à bredouiller une réponse à peu près normale :

— Non, pas du tout. Je suis invitée en tant qu'annonceur. Et vous ?

— Je dirige la société organisatrice du lancement. La soirée vous plaît-elle ?

— Vous avez su faire de ce lieu un endroit féerique. Félicitations.

Un léger sourire se dessine sur ses lèvres. Je suis accoudée à la rambarde du perron de la vieille demeure et regarde les nappes agrémentées de bouquets de tulipes blanches mêlées à de la gypsophile danser sous l'effet de la brise légère. Les tables rondes se détachent sur l'herbe verdoyante, l'ombre de la maison se reflète dans le bassin central. Le jour se couche. Les bougies et les torches prennent le relais recréant une véritable ambiance de conte de fées. Je porte une robe blanche…

En un regard, une fraction de seconde… c'est comme si le monde disparaissait autour de nous. Lui et Moi… ses yeux dans les miens. Je n'ose soutenir ce regard qui touche déjà mon âme plus qu'aucun autre auparavant. Je baisse les yeux et pourtant, au milieu de cette bulle, je sens encore le contour de son corps, cet échange magnétique, presque électrique, plus fort que tout… une sensation nouvelle, unique, celle de retrouver quelqu'un…

Je me sens à la fois actrice et spectatrice de la scène, me prenant à rêver de Vivien Leigh et Clark Gable…

Autant en emporte le vent… les Platters entament un *Only You* ensorcelant…

Une main se pose sur mon dos nu, m'effleurant dans une caresse furtive et laissant sur ma peau un étrange frisson, comme un présage. Émoi inconnu.

Lui, d'une voix douce, me glisse à l'oreille : « Je dois vous laisser. Le travail m'appelle », pointant du menton un groupe de personnes en bas de l'escalier.

Je reste sans voix. Arrivé au milieu de la volée de marches, il s'arrête, se retourne, plonge ses yeux pleins d'assurance dans les miens et murmure :

— Croyez-vous aux rencontres ?

Je le regarde s'éloigner… C'est lui ! J'en suis sûre, c'est lui !

Regard perdu, je cherche Babeth. Mais où est-elle ? Juste quand j'ai besoin d'elle ! Elle est où ? Allez, Caca, ne reste pas plantée là… Il te regarde… Fais l'indifférente, avance ! Retourne-toi et mets-toi en route !… Il me regarde… Je sens ses yeux. Oh ! là là ! Pourquoi j'ai mis cette robe ! Je me sens toute nue dedans ! Help ! Babeth !

— Enfin ! Tu es là ! Tu ne devineras jamais ce qui vient de m'arriver. Un homme… Incroyable ! Une rencontre… Un signe ! Je suis sûre que c'est lui ! J'ai les jambes en coton, le ventre tout serré et le cœur qui va exploser ! C'est un signe, ça, non ? Il est beau… Il a l'air si tendre, si doux… Tout ! Tout ! Tout ce dont je rêvais.

— Qu'est-ce qui t'arrive ? Reprends ta respiration, tu vas nous faire une syncope. On se calme.

Dalida et Alain entament un *Paroles, Paroles* tout adapté…

— Il me regarde. Il est juste derrière toi. Ne bouge pas. Je suis bien, là ? Comment tu me trouves ?

— Si t'enlevais le sourire benêt de ton visage, le rouge de tes joues et l'agitation du fond de ton œil, ça irait mieux. À part ça, t'es comme d'habitude : pieds en dedans et gueule d'ange ! La proie parfaite pour ce type d'énergumènes. Mais ne t'inquiète pas, je serai là pour te ramasser. Alors, il est où notre George Clooney du moment ?

L'homme entreprend de contourner le bassin en compagnie d'une autre invitée. Je le suis des yeux et amorce une description proche de l'apparition mystique, afin que Babeth puisse l'identifier. Repérage fait… Mais il avance vers nous ! Babeth le regarde droit dans les yeux par-dessus mon épaule et me dit :

— Je vais nous chercher deux verres, tu m'attends ?

— Oui, mais dépêche !

Une main se glisse autour de ma taille, sursaut… surprise… un souffle caresse mon cou… et la voix… sa voix… quelle voix !

— Tout se passe bien ?

Je détourne légèrement la tête… Je croise son regard : attention… je me noie.

— Mais je n'ai même pas son nom ! Aucune adresse ! Pas de numéro de téléphone ! Stupide ! Je suis stupide ! ! !

Babeth s'installe au volant, met la clé dans le démarreur et balance son sac à mes pieds. Elle me regarde amusée :

— T'as pas laissé ta chaussure ?

— Quoi ?

— Ben oui, Cendrillon ! Elle laisse sa pompe et il la retrouve. C'est tellement mieux qu'une carte de visite.

— J'ai croisé l'homme de ma vie ! On s'est reconnus, lui comme moi, et toi, tu me parles de semelle orthopédique !

Babeth me regarde, plonge la main dans son sac et en ressort… un dossier de presse :

— Et avec ça, tu vas pouvoir le retrouver ton Michael Douglas ?

Je lui saute au cou :

— Merci ! Merci ! Merci ! Tu me sauves la vie !

Babeth monte le son et se met à chanter :

— Nous, c'est une illusion qui passe, un éclat de rire en plein cœur, j'en rêve et je… Pourquoi ? Pourquoi ? Pourquoi ? Pourquoi ce grand vide… quand je pense à toi… ! ! ! Un vrai visionnaire cet Hervé, n'est-ce pas ?

Le lendemain matin au bureau, impossible pour moi de me concentrer. J'ai son visage devant les yeux en permanence. Chacun de ses mots, même anodin, résonne en moi. Étrange impression d'Amour, laissée en effluve dans l'âme, que seuls l'absence et le manque mettent en valeur.

Je n'ai pas dormi de la nuit, repassant mille fois le film de cette première rencontre. Cent fois j'ai reproduit la sensation magique de l'instant où la vie semble basculer dans une nouvelle réalité. J'ai vécu en quelques secondes un de ces moments qui changent le cœur. J'ai croisé le destin. Il s'est joué de mes plans établis et m'a projetée dans un nouvel univers peuplé d'un seul humain et d'un millier d'années de rêve… Et déjà une nouvelle attente commence…

Je fais rouler des crayons sur mon desk et dessine des cœurs dans tous les coins de pages. Mais que m'arrive-t-il ? J'ai les yeux dans la graisse de beans, la tête à l'envers ! Je n'arrive pas à bosser, je me pogne le bacon depuis deux heures !

Le dossier de presse est posé devant moi : j'appelle, j'appelle pas ? Que faire ? Allez, j'appelle. De toute façon, je n'ai rien à perdre. Oh, non ! Je ne peux pas faire ça. Qu'est-ce que je vais lui dire ? J'aurai l'air d'une andouille si je n'arrive pas à parler ou pire… d'une Joséphine-à-la-renverse si j'en dis trop. En plus, si ça se trouve, il ne se souviendra même pas de moi. Non, ça ce n'est pas possible, c'était tellement palpable, ces émotions, il ne manquait plus que les lucioles et ma marraine la fée.

Son regard doux comme du velours, le contour de sa bouche parfaitement dessinée, la barbe de quelques jours soulignant les traits et l'ovale de son visage… Quelques rides aux coins de ses yeux que j'aimerais compter en les effleurant du bout des doigts… les unes après les autres… et les apaiser de mille baisers. Je sens encore la chaleur de sa main posée dans mon dos, effleurant ma peau, ses longs doigts laissant comme une brûlure…

— Allez ! J'appelle ! dis-je à haute voix pour me donner du courage.

Je décroche le combiné, compose le numéro :

— Allô ! Babeth ? Help ! Il me bouffe la tête !

Le délire. Voilà, la femme est délirante dans ses rapports avec les hommes. L'état amoureux corres-

pond chez elle à une sorte de confusion mentale qui, telle une drogue, intoxique le sujet. Elle ne sait plus cloisonner les sentiments, les activités concrètes, sa vie, les êtres. Alors elle tombe vite dans l'excès obnubilant et nerveux de la passion. L'homme, lui, développerait plutôt l'obsessionnel. Il se fixe un but, puis cloisonne. Sans scrupule, il mettra un pied devant l'autre en oubliant tout le reste jusqu'à atteindre l'objet de ses désirs. Dommage pour ceux qui font partie du « reste ».

Camille est hors service, coagulée dans son histoire, transie d'amour, hystérique de cet homme. C'est pourquoi, moi Babeth, je prends la plume à sa place. Et je vais vous la raconter, l'histoire, concrètement dans le concret.

Le quadragénaire… Magnifique spécimen ! Ce phénomène est tellement répandu qu'il est inutile de s'appliquer à décrire un cas particulier.

Je n'ai jamais craqué pour ce type d'hommes. Non, les récits et les larmes de mes copines m'ont servi de vaccin préventif et le mal n'est pas passé par moi.

Ce charmant « Monsieur » est assez sûr de lui, de son effet, de son physique, de les faire toutes craquer parce qu'il allie au charme, l'intelligence et la réussite sociale. Il se rencontre en général dans des lieux un peu ringards, des mariages, des mondanités quelconques… un lancement de chaîne de télé… bref, là où le potentiel-gibiers est le plus favorable.

Cet animal-là a, en général, un cursus assez classique : garçon de bonne famille, il se marie, procrée et installe sa carrière. Il s'est fixé des objectifs précis et les atteint vers… quarante ans. L'élément central de sa première quête de vie est bien sûr la réussite économique et sociale qui passe, prenons un exemple au hasard, par la création d'une boîte d'événementiel, bientôt incontournable sur le marché.

Une fois ces quelques buts atteints, notre oiseau commence à s'ennuyer ferme et l'envie lui prend rapidement de... s'encanailler. Après les secrétaires et autres clichés, voire les professionnelles des services rapides, efficaces et instantanés, le voilà qui se pique d'être plus charmeur. Il appelle cela être « romantique » !

Vous allez me croire méchante, mais il n'en est rien. Je trouve même que ce désir pourrait être des plus louables s'il n'était lié à un deuxième facteur bien moins enchanteur : les hormones ! Eh, oui ! Le problème du quadra est là : cet homme mûr, au charme fou et au visage buriné, sculpté par l'expérience et les années, cet homme, donc, n'est mû que par une seule chose : les effets-annonciateurs-prostatiques. À quarante ans, il vient de comprendre que, dans quelques années, il pourra oublier définitivement les maîtresses et les petits coups en douce à la Jean-Luc Bideau... Il ne restera plus que la tendresse... Bordel !

L'attraction terrestre aidant, le moment arrivera fatalement où le Général Popaul refusera de se mettre au garde-à-vous, ce qui représente pour un homme la plus grande frayeur qui soit. Mourir, c'est de la gnognotte à côté de la débandade fonctionnelle et définitive !

À ce stade de son évolution, notre quadra se met alors à réfléchir et à agir uniquement en fonction de la peur sus-évoquée. Il lui devient impératif de se prouver qu'il peut séduire et... s'accoupler. Son obsession devient dès lors de posséder la terre entière ! Le tic tac fatidique du compte à rebours le pousse inexorablement dans nos jupes.

Chez les quinquagénaires, on parle de « Démon de midi ». En ce qui concerne les quadras, j'opterais pour le « Phénomène du Renard » : œil aiguisé, queue en panache, museau renifleur, l'animal est en éveil. Il repère sa proie, de loin. L'odorat prend le relais, et en parfait prédateur-reproducteur, alléché par les phéromones de la libre-femelle, il part en chasse. Il s'avance, la queue entre les jambes ; il rôde, appendice plat et encercle sa proie dans un parfait mouvement d'approche. Là, la queue remonte petit à petit et, quand il peut frôler sa proie de l'extrémité de son museau humide, elle se dresse en panache. Tout un art, l'approche de la poulette !

Évidemment le plus simple pour le quadra serait de se tourner vers des poules de son âge, plus à même de comprendre son mode de fonctionnement, ses envies, ses goûts. Mais non ! Pas de ça pour lui ! La réussite sociale aidant, ce qu'il veut, c'est de la poulette, au maximum early thirties' parce que la plume est déjà apparente et le duvet encore présent, gage de douceur. Un rien de savoir-faire, indépendante, une garde-robe-de-séductrice et un zeste d'innocence, cadeau de l'enfance encore présent sur son visage...

La rencontre a eu lieu il y a cinq jours maintenant, et toujours aucune nouvelle. Ai-je rêvé ? Ai-je été seule à ressentir cet émoi ? Ai-je imaginé ce qu'il y avait dans son regard, ses gestes, ses attentions, cette complicité ?

Je n'ai pas pu appeler et aujourd'hui c'est déjà trop tard… Mon cœur le souhaitait, la peur m'en a empêchée. Pourquoi toutes ces questions ? La vie semble tellement plus simple pour les autres. Si seulement j'avais osé… Et pourquoi lui n'a rien fait ? Après tout, l'élégance aurait voulu que le geste vienne de lui… J'ai rêvé tout cela… oui c'est ça, j'ai rêvé… Allez, ma Caca, remets-toi au boulot…

Il est onze heures dix-sept, le téléphone sonne, me sortant de ma rêverie. Je décroche et lâche mollement un « Oui, allô ? ». Une voix d'homme me salue. Je lui renvoie un « bonjour » interrogateur.

— C'est Gabriel. Nous nous sommes aperçus la semaine dernière…

Mon cœur s'arrête… c'est sa voix… c'est lui…

— Je ne suis pas loin de votre bureau. Êtes-vous libre pour le déjeuner ?

Attention palpitations… Déjeuner prévu avec l'équipe. J'annule. Je trouverai un prétexte, n'importe lequel. Je ne vais pas risquer de rater l'homme de ma vie pour une réunion sur l'Opinel tire-bouchon avec coupe-ongles intégré.

— Heu… Oui… Bien sûr… pourquoi pas…

— J'en suis très heureux. Retrouvons-nous au Fouquet's vers treize heures ?

— D'accord. Oui, très bien… À treize heures…

— Alors, à tout à l'heure.

Il a raccroché.

Whaouu ! Je fonds, me laisse glisser dans mon fauteuil… et mon sourire benêt réapparaît…

— Allô Bab ! Tu ne sais pas ce qui m'est arrivé ? J'ai rendez-vous avec le destin ! ! ! Devine un peu avec qui j'étais au téléphone il y a moins d'une minute ? Il m'a appelée ! Il m'a retrouvée et il m'a appelée ! C'est pas du destin, ça ? Tu ne peux pas dire le contraire !

P.I.S. de Babeth : Ce mec avait la liste des invités et il a mis cinq jours à appeler. Je lui dis ou je la laisse planer un peu ? Allez, après tout, il n'est peut-être pas si terrible que ça. Autant qu'elle en profite.

— Chapeau !

— Il m'a invitée à déjeuner !

— Quand ?

— Là, maintenant, tout de suite !

Babeth marque un silence de réflexion et lance :

— T'es habillée comment ?

Tout s'effondre autour de moi, le bureau devient mou, les murs dégoulinent, le fauteuil m'engloutit et la lumière vacille.

— Zut, crotte, flûte ! Ce n'est pas possible ! Je n'avais rien de prévu aujourd'hui ! Il est tout pourri mon pantalon et le top est super ringard… Non, il me faut un chemisier plus sexy… un vrai décolleté qui fait rêver… Comment je fais ? Je ne peux pas y aller comme ça ?

Me sentant partir en vrille, Bab suggère en imitant le ton pragmatique de Mag :

— Un tour chez Zara-du-bas-du-bureau s'impose,

tu te changeras dans la cabine d'essayage. Tu as ta trousse de maquillage ?

— Oui, ouf ! Je suis sauvée. Je me dépêche. Je te rappelle !

À peine un pied dans le bureau et j'entends mon poste carillonner. Je cours dans le couloir... peut-être veut-il me dire un dernier mot très important, peut-être a-t-il oublié quelque chose, peut-être veut-il me susurrer des mots d'amour... je cours, passe la porte, manque de me faire le fauteuil, m'étale sur la table et décroche :

— Alors, comment ça s'est passé ?

La voix de Babeth résonne à l'autre bout du combiné.

— C'était extraordinaire. Il était là, il m'attendait. Lorsque je suis arrivée il s'est levé, m'a saluée... Il a dit des trucs incroyables. J'étais plongée dans ses yeux, il m'a parlé d'âmes, de rencontre, de providence. Le temps s'était comme arrêté... J'avais l'impression d'être dans un film...

Babeth interrompt mon récit frénétique :

— Caca, redescends sur Terre ! Comment s'appelle-t-il ?

— Gabriel...

Je murmure son prénom et une impression de ne plus m'appartenir me gagne. Babeth reprend le questionnaire :

— Il est marié ? Il a des enfants ?

— Il est marié... mais il est en pleine séparation... Il a deux enfants : Paul et Marie. Ils ont huit et onze ans. Il paraît qu'ils sont adorables. Il m'a montré une photo, ils sont magnifiques !

Babeth, percevant le vertige-spiralé dans lequel je suis en train de tomber, insiste :

— Il fait quoi vraiment dans la vie ?

— Ben, il dirige sa boîte d'événementiel. Il voyage tout le temps. Là, il part pour quinze jours à Shanghai, mais on se voit dès qu'il revient. Il me l'a promis…

— Il est de quel signe ?

— Lion ascendant Scorpion…

— OK. Je vois le genre. Mega séducteur, insaisissable, ego surdimensionné à satisfaire. Gros besoins sexuels. Ça promet !

— Ah bon, c'est tout ça un lion ? Remarque c'est pas mal… Tu sais quoi… il m'a donné son mail pour que l'on puisse communiquer pendant son voyage… Il m'a parlé de signes ! C'est incroyable comme on a ressenti absolument les mêmes choses… Tu te souviens de ce que la voyante m'avait dit il y a trois mois ? Elle avait raison. C'est ça, c'est lui !

— Et qu'est-ce qu'elle t'avait dit, la voyante ?

— Que j'allais rencontrer l'homme de ma vie ; qu'il avait des enfants et qu'on se reconnaîtrait tout de suite. Tu sais, il m'a dit qu'il avait flashé complet sur moi, que j'étais comme un ange tombé au beau milieu de son univers, une réponse au vœu qu'il avait fait. Il a une façon de parler, si tu savais… Tu devrais entendre ça ! C'est fantastique !…

— J'entends, j'entends… Avec un archange comme Gabriel en guise de saint patron, il ne pouvait être que doué pour les langues. Très prometteur pour les longues soirées d'hiver.

— Arrête, t'es pas sympa. Pour une fois qu'il m'arrive un truc important. Je vis LA rencontre de ma vie en ce moment !

— Il en est où de son divorce ?

— Stop aux questions ! On va pas s'éterniser là-dessus. Il divorce et il m'a bien expliqué combien c'était pénible pour lui en ce moment. Tu sais, c'est une vraie teigne son ex-femme…

— Rectification : « sa femme », elle n'est pas encore « EX ».

— Ce n'est qu'une question de temps. Elle est vraiment charogne, elle lui fait toutes les misères du monde. Si tu voyais comme il a l'air triste quand il en parle. Elle le détruit. C'est une vraie méchante. Tu sais, il a pris le parti de se taire et de tout accepter pour ne pas faire souffrir ses enfants. Tu te rends compte un peu, il y a peu de mecs qui en feraient autant…

Cette effervescence tant attendue l'a fait complètement basculer. Ma Camille se fait un trip sur la planète Vénus. Il serait bon de décoder un peu les événements. Le Gabriel en question utilise la technique habituelle, il feint l'absence d'attrait sexuel pour se concentrer sur le « complexe du cocker ». N'y voyez pas une allusion aux oreilles tombantes, mais plutôt une référence au regard triste-chien-battu-abandonné qui humidifie immanquablement les yeux de la proie.

Le complexe du cocker : mais qu'est-ce donc ?

C'est très simple : nos quadras parlent d'eux et aiment nous faire comprendre que leur vie est difficile. Épouse à la maison avec qui ils ne communiquent pas et ne partagent plus grand-chose (sexuellement bien entendu) ; enfants adorables mais dont ils ne sont pas très proches à cause de leur mère ; énormé-

ment de travail parce qu'ils s'en servent comme d'un refuge... À bien les écouter, on croirait avoir affaire à des dépressifs chroniques. Attendrie, la cible tend l'oreille et, flattée d'être choisie comme confidente, se pique rapidement d'apporter écoute et réconfort à cette âme en détresse.

En général, le lieu du premier rendez-vous ne se prêtant guère à la conversation, on prévoit rapidement une invitation plus intime. Là, les bonnes manières un rien vieillottes aidant, le charme opère. Le gibier se sent tour à tour ému, puis valorisé, sans se rendre compte que le beau-parleur a déjà mis en place l'essentiel de sa stratégie. Le piège n'a plus qu'à se refermer. Ne nous y trompons pas, l'homme, dès le premier aperçu, a estimé physiquement sa proie par un rapide balayage du regard, avec arrêt sur quelques points stratégiques :

— les seins : il préfère les balcons fournis et moelleux, les blondes à forte poitrine, n'est-ce pas Élie ! Apparemment la grosseur du mamelon est importante. En général, dans les premiers temps, l'homme veut faire bien et donc prolonge les préliminaires : il se prend alors d'amour pour les appasgironaires qu'il mordille assidûment, jusqu'à ce qu'un geste délicat de la victime lui suggère de passer à autre chose. L'objet termine en mode pyramide, jamais t'aurais pu imaginer que ça prenne cette forme-là, un téton ! Mais vous voulez qu'on vous le mordille, nous, le prépuce ? Vous allez voir l'effet que ça fait quand le temple d'Abou Simbel s'embrase !

— les fesses : rebondies, dans le style afro-cubain ; dès qu'il en voit une paire passer, moulée dans un petit jean, l'instinct du dominateur s'éveille en lui : il passe en mode sodomite. Si en plus t'as la cambrure

d'une danseuse, t'as de grandes chances de finir dans la position du Sphinx : Monsieur est à l'arrière, très concentré et consciencieux, libéré du regard de la femelle, il observe le mouvement : et un... je rentre... et deux... je sors... et un... je rentre... et deux... je sors... et un... je rentre... Lorsque la lassitude se fait sentir : changement de rythme, il accélère : je rentre, je rentre, je rentre, je rentre, je rentre, je rentre, je rentre, je rentre... Eh ! hop ! je sors... Alors, heureuse ? Et là impossible de lui répondre, il vient quand même de me mater le troud' pendant vingt minutes.

— les hanches : Si tu es gaulée gravure dix-huitième, tu es une reine ; Monsieur s'arrime au bassin. Si tu as de la chance, il s'accroche à l'os-hanchu-de-devant, sinon tu as droit à une séance de palpé-roulé gratuite ! Le summum étant d'avoir la crinière de Joly Jumper et dans la fameuse position du sphinx, là... Zara White, tu l'enrhumes. En revanche, pour celles qui n'ont pas de hanches, l'homme prend prise sur le pli de l'aine et là, avec la pression de ses doigts, ça bloque l'artère fémorale. Bonjour les varices !

Au final, notre expert remonte au visage.

— la bouche : Ah, la bouche ! Tout un poème, la bouche, pour un homme. Le mâle affiche sa préférence pour la belle charnue bien dessinée, présage de talents cachés... Mais, les mecs, vous n'avez rien compris : avoir des lèvres fines, une petite bouche ou une grande bouche importe peu, ce qui compte c'est de savoir s'en servir. Les meilleurs pompiers ne sont pas forcément les plus incendiaires. La puissance du gobage n'est pas en rapport avec la forme de la lèvre, mais beaucoup plus avec la dextérité linguale et la profondeur gorgeale. En conclusion, choisissez

une multi-linguiste plutôt qu'une bouchap' et vous m'en direz des nouvelles !

Nous n'avons pu résister à l'envie de nous revoir avant son départ pour la Chine. Le lendemain, le surlendemain, les coups de téléphone, les j'ai-oublié-quelque-chose… etc., tous les prétextes étaient bons pour ne pas laisser filer une heure sans nous frôler du bout des voix, du bout des doigts. Gabriel s'est envolé hier matin et depuis j'attends. Je guette ses nouvelles, je me languis de lui.

gabriel.oqpevents@free.com
Shanghai, premier jour.

Arrivé ce matin à Shanghai avec un peu de retard, le vol a été long et j'ai pensé à toi. Les quinze jours qui nous séparent vont me paraître interminables. Heureusement, j'emporte avec moi le souvenir de tes yeux, de tes mains, de ton parfum.

Gabriel

camille.randagog@aol.com
Paris, premier jour aussi.

Ici tout se passe bien… Je compte déjà les jours et les nuits loin de toi. Tout me semble fade depuis ton départ. J'ai tellement hâte que tu reviennes. Je garde aussi le souvenir de chacune des secondes passées à tes côtés et de chacun des mots qui ont été prononcés entre nous. Cette rencontre est apparue pour moi comme une révélation, un instant magique que je ne pouvais éviter. La force du destin, ce doit être cela, enfin je crois… peut-être… je l'espère en tout cas. Jusqu'à l'instant où je t'ai vu, j'avais oublié que je t'attendais, j'avais perdu de vue le sens du mot « émotion » qu'en un éclair tu as su ranimer. Rien n'était éteint, tout était en sommeil attendant de renaître à travers toi dans un feu d'artifice de sentiments et de sensations mêlés. Tu es entré dans ma vie, et avec toi l'espoir oublié s'est incarné, reprenant le dessus et effaçant d'un jet de lumière toutes les souffrances passées. En te trouvant, c'est moi que je retrouve… enfin. Une raison d'être, une raison de vivre, d'espérer et d'avancer. Désormais, mon cœur ne bat plus dans le vide, de ce mouvement automatique sans motif et sans relief qui était le sien jusqu'alors. Aujourd'hui, je sais le sens de la vie et le désir retrouvé. Tu as donné un goût au mot amour et insufflé l'espoir dans une vie qui se perdait… sans toi. Tu es mon sens, tu es ma voie, celui que je souhaitais sans même le savoir.

Camille

gabriel.oqpevents@free.com

Shanghai, cinquième jour.

J'ai fait un rêve, et en m'éveillant ce matin, la grâce du mouvement de tes hanches dans cette robe blanche, tes épaules dénudées, le creux de ton dos étaient encore devant mes yeux. Je revois le dessin de tes lèvres prononçant ces mots de réconfort lors de notre premier déjeuner. Tout ceci me plonge dans une volupté toute particulière…

Gabriel

camille.randagog@aol.com

Paris, cinquième jour aussi.

L'attente de ton mail a été difficile. Enfin je peux te lire ! Ces mots tant attendus réchauffent mon cœur. Tant de questions perturbent mon esprit. J'ai essayé de te joindre, sans succès. J'ai ruiné le bureau en appels longue distance pour la Chine. La dame des renseignements internationaux, très gentille et très compréhensive, a tout de même fini par me conseiller de demander les numéros de tous les hôtels de Shanghai à une agence de voyage ! Je les ai tous appelés, je crois. Pourtant, je ne t'ai pas trouvé. J'ai besoin de t'entendre… Puis-je t'appeler quelque part ?

Camille

gabriel.oqpevents@free.com

Shanghai, dixième jour.

Je n'ai pu te répondre avant, j'ai enchaîné réunion sur réunion pendant ces cinq derniers jours. Je suis terriblement fatigué de toute cette course. Véritable besoin d'une pause. J'atterris à Paris vendredi, je serai en bas de chez toi vers vingt heures. Aimes-tu les surprises ?

Gabriel

Naturellement il est venu la chercher ce soir-là. Pour l'occasion, il avait même emprunté à son pote un de ces petits bolides que les hommes adorent. Une voiture toute plate dans laquelle on voyage quasiment allongée. Sans doute nos mâles ont-ils un sentiment de puissance au volant de ces machines qui surchauffent bien vite. Ils annoncent toujours avec une étrange expression de fierté le nombre de chevaux et la marque de la voiture. Visiblement, ils adorent, alors on ne dit rien, on obtempère et on pousse même la gentillesse jusqu'à faire semblant de s'extasier devant leur bijou... Et ça, ça nous connaît... les bijoux !

Il a donc emporté ma petite Camille dans un coin de France, un Relais et Châteaux, pas trop loin de Paris tout de même (faut pas déconner, si une urgence conjugale le rappelait au dernier moment !). Caca a plongé, tout entière, jusqu'à boire la tasse. Elle s'est effectivement fait un shoot d'amour-tendresse-shoobeedoo. Mais la petite conversation téléphonique du soir avec la légitime pendant que ma Caca se rafraîchissait dans la salle d'eau a jeté un léger trouble... Mêmes mots d'amour, mêmes petits noms d'oiseaux, même douceur dans la voix et petits bisous de conclusion... Eh, oui ! C'est la dure réalité des hommes : ils ont peu d'imagination et, une fois un vocable amoureux assimilé, il leur est impossible d'en changer en fonction de leur interlocutrice. Doit-on en déduire qu'ils ne sont capables que d'une seule et unique émotion perpétuellement répétée ? Je vous laisse juge. Moi, j'ai déjà mon avis sur la question, pas très positif, vous vous en doutez. Ce sont bel et bien des infirmes du sentiment autant que de l'imaginaire ou du vocabulaire. On devrait leur offrir un gros Robert et leur faire comprendre qu'au-delà de l'édition spéciale « premier dico 1 000 mots » inscrite sur la liste de fournitures pour la rentrée en sixième, il existe tout un panel de termes, de couleurs, d'images ou d'expressions permettant de varier les plaisirs. Un peu comme pour le sexe, mais là, en général, ils comprennent un peu plus vite. Et encore, pas tous : le missionnaire reste malgré tout la seule position vraiment maîtrisée.

Elle a boudé un peu, surtout parce qu'elle était blessée et ne savait comment aborder le sujet. Elle a fini par lâcher le morceau en sachant bien qu'elle ne voulait pas vraiment entendre ce qu'il avait à dire, que ça ne lui plairait guère… Comme un couperet, la réponse est tombée : « Mais c'est pour les enfants que je fais ça. Je ne voudrais pas qu'elle se venge d'une manière ou d'une autre sur eux. Tu dois me comprendre… » C'est ça. On y croit très fort. Welcome to Mensonges Land ! Et tu es censé être où, mon coco, ce week-end ? Un séminaire ? Un dossier urgent à traiter pendant qu'il est chaud… Fais gaffe, tu frises l'humour ! Et sa pauvre femme restée à la maison, elle y croit et elle l'aime… Parce que nous aussi, hélas, nous sommes toutes pareilles !

Cette relation dure depuis trois mois et ça m'étonne car l'amour lui est venu par hasard quand elle est tombée dans son plumard. Mais il commence à en avoir marre de cette nana-là, il était bien mieux avant, câliné par bobonne, tout le temps… Un jour il a dit, c'est fini, maintenant je m' casse, à peine parti, elle était déjà à la ramasse…

Bien sûr, elle n'est jamais allée chez lui, ça s'est toujours passé chez elle ou dans le petit nid d'amour qu'il avait trouvé. On appelle cela une garçonnière, mais ça non plus, je ne lui dirai pas à ma Caca.

Bizarrement il ne parle plus de divorce... ni même de séparation. Ces mots ont disparu comme par enchantement de son vocabulaire. Elle veut davantage, lui répond qu'il ne peut pas... « pour l'instant ». Tout un poème ces mots dans la bouche d'un homme ! La seule chose qui lui donne le sourire semble être ses souvenirs... d'Égypte (où d'ailleurs, mais ça, c'est le secret de Camille !).

Caca commence à avoir mal, très mal et de plus en plus souvent. Les appels sur mon portable se multiplient : le soir quand elle se sent seule, la journée quand elle pense à lui et qu'il ne répond pas au téléphone, l'après-midi quand elle espère un rendez-vous... Quel nul, ce mec... Les nouvelles s'espacent de plus en plus et les entrevues, d'abord limitées aux cinq à sept traditionnels, d'épisodiques sont devenues inexistantes. Elle insiste, lui se perd en excuses et en faux prétextes pour repousser ou ignorer les demandes... et les larmes. Tout devient pénible, pour l'un parce qu'il ne sait pas comment arrêter l'histoire et qu'il la voit souffrir, pour l'autre parce qu'elle y a cru et que c'est dur d'accepter de s'être trompée et de revenir... au vide.

Pour ne pas paraître pimbêche et que ces lignes trouvent aussi la faveur des femmes trompées, je tiens à préciser, mesdames, que cette crise de la quarantaine, dont on fait toutes les frais un jour ou l'autre, revient périodiquement, en moyenne tous les dix ans jusqu'à ce que la prostate colle définitivement vos époux dans le fauteuil du salon. Réfléchissez bien à cette idée... Visualisez l'image et posez-vous la question : comment vais-je supporter cela ? Parce qu'on se bat toute notre vie pour en trouver un, puis pour le rendre heureux et pour le garder... mais une fois votre salon transformé en hall des Hespérides, croyez-moi, la vie s'éclaire tout de suite d'une lumière surprenante ! Certaines en sont d'ailleurs arrivées à regretter d'avoir trouvé l'homme de leur vie. Méditation...

Dans ces conditions, la femme trompée a le choix entre plusieurs options :

— Faire le dos rond. C'est sans doute la meilleure technique, vous éviterez les disputes. Et surtout, si vous êtes capables de passer outre, vous gagnerez une paix intérieure qui n'a pas de prix. En revanche, n'oubliez jamais de lui rendre la monnaie de sa pièce si vous en ressentez le besoin à votre tour. Difficile, j'en conviens. Mais forcez-vous un peu, c'est salutaire et vous verrez la cohabitation d'un bien meilleur œil si vous partez vous aussi en séminaire le week-end au lieu de l'attendre.

— Lui voler dans les plumes. Mais attention, ça secoue. Ceci est réservé aux passionnées-énergiques. Ça ne le fera pas revenir plus vite et ne l'inquiétera pas plus que cela. Il vous dira que vous êtes « irrationnelle », que vous « devriez vous faire soigner », que « c'est vous qu'il aime de toute façon donc que ça ne change rien » (E-culé, va !)...

Un danger tout de même : il existe une catégorie de femelles très différentes de ma petite Caca, tombée raide dingue d'un Mentor-Ejaculator : les chasseresses. Là, très grand danger. Si vous avez affaire à un tel spécimen, Monsieur finira ses vieux jours avec celle qui aura su l'attirer par ses talents cachés... Et que vous gratifierez à vie de noms comme « sa pétasse », « sa salope », « sa grognasse », etc. Hélas ! Dans ce cas de figure et face à une telle prédatrice, il ne vous restera que vos yeux pour pleurer et, avec un peu de chance... votre Ketouba pour vous éclater un peu.

Allez ! Haut les cœurs ! On y passe toutes un jour !

— Bab, c'est Camille...

— Comment ça va ? Tu as une petite voix... Que se passe-t-il ?

— C'est fini... Il m'a demandé d'enlever mes affaires de l'appartement... et... je n'y arrive pas.

— J'arrive.

Trente-cinq minutes plus tard, Babeth entre dans l'appartement, un sac plastique à la main. Malgré les larmes qui coulent sur mes joues et la déchirure dans ma poitrine, mes yeux l'interrogent en regardant le sac qu'elle me tend :

— De quoi lui laisser un petit souvenir de toi. Un du genre collant...

— Que veux-tu faire avec vingt-cinq tubes de super-glu ?

— Tout coller ici : chaque bibelot, chaque verre, chacune de ses chemises, chacun de ses caleçons, chacun des livres que tu vois et même les draps du lit, la pendule ou son tube de dentifrice : tout ici restera à jamais figé tel que tu l'auras laissé. Aucune fourchette, aucune assiette ne pourra être réutilisée avec une autre. Et chaque fois qu'il saisira un objet ici, il pensera à toi. Il ne pourra pas faire autrement !

— J'aime cette idée… Je peux laisser quelques souvenirs très perso ?

— C'est même conseillé. Fais-en ta cathédrale, mets en scène la photo finale, c'est celle qu'il gardera. Il ne pourra pas faire autrement que de la voir, lâche-toi !

Je regarde Babeth et lui souris, complice :

— Alors ne colle pas les tableaux, je vais lui écrire…

Et mes larmes s'estompent déjà.

Les semaines ont passé, les pleurs sont devenus plus rares même si mes yeux sont restés humides. J'ai retrouvé mon cœur au bout de mes pieds et, chaque jour un peu plus, j'essaie de le faire remonter pour qu'il reprenne sa place. Marguerite et Babeth sont adorables. Je crois que je les aime d'amour. Une amitié si forte et tellement sans faille ne peut être que de l'amour. Alors pour elles, pour qu'elles retrouvent leur Caca d'avant, je me force, je me fais violence pour ne pas sombrer dans le gouffre que creuse sous vos pieds une séparation, surtout lorsqu'on ne l'a pas souhaitée. Pour elles je remonte la pente doucement, pour qu'elles soient fières de leur copine, mais surtout pour que je sois digne de leur amitié.

— Allô, Bab ! On dîne ensemble, ce soir ? J'ai besoin de me changer les idées. Ça fait sept semaines que je n'ai pas de nouvelles. Mais je vais mieux, je n'ai essayé d'appeler que trois fois aujourd'hui !

— Oui, effectivement, ça va beaucoup mieux ! Où veux-tu aller ?

— Soirée exorcisme. Je t'emmène dans le petit resto où nous nous retrouvions, lui et moi.

— Es-tu bien sûre de ton choix ?

— Mais oui. Pas de problème. Je refuse qu'un lieu fréquenté avec lui reste imprégné de son seul souvenir. J'ai besoin de passer une seconde couche.

Nous nous retrouvons porte d'Auteuil vers vingt heures devant le fameux restaurant.

— C'est cosy comme endroit, un peu ringard, ce rouge pourpre étalé partout, mais sympa ces petites tables où t'as l'impression de manger les genoux sous le menton. Pas top pour la digestion. C'est une succursale de Disney ici ou quoi ? On se croirait dans la maison des sept nains ! Avec les couverts miniatures qu'ils nous ont mis, on ne risque pas d'en mettre trop dans la bouche à la fois. Laisse-moi deviner : on est à deux pas de chez lui et à trois du lupanar qu'il avait choisi pour vous.

— Comment t'as deviné ?

— Eh bien, disons que j'ai dégusté, moi aussi. Mais peu importe. On s'en remet très bien, tu verras. Un peu de temps, une bonne copine et ça repart ! Alors, voyons un peu avec quoi nous allons nous faire grossir ce soir ? Un suicide à la bouffe, ça te tente ? Le chef nous propose : Queue et oreilles de porc grillées – douze euros : morceaux choisis, ils n'ont pris que le meilleur ! Andouillette AAAAA grillée, tirée à la ficelle – treize euros cinquante : Eh ! bien y en aura au moins une qui se sera fait tirer ce soir ! Laissons-la à son bonheur… Mais comment tu as fait pour venir manger ici pendant trois mois ?

— Tu ne prends que les trucs horribles. Regarde, il y a forcément quelque chose que tu aimes !

— Oui, alors au choix et pêle-mêle : escargots : je vomis avant qu'ils amènent le plat ou j'attends pour remplir la coquille ? Tranche de foie de veau ; chateaubriand ! Fais gaffe, ils tuent les écrivains, ici !... Tu crois qu'ils vont nous donner quelle partie ?

— Arrête ! Arrête ! Arrête !

Avec un déhanchement digne d'une danseuse de samba brésilienne, une serveuse se dirige vers notre table, son petit carnet à la main. Babeth en grande forme a décidé de me faire rire ou tout simplement de vivre pleinement cette expérience extraordinaire au pays des cartoons.

— Bonjour Blanche-Neige. Que nous conseillez-vous ce soir ?

La serveuse semble ne pas avoir entendu et répond sur un ton très professionnel :

— Alors, aujourd'hui, en entrée, nous avons du Welsh Rarebit...

— Ah ! pour vous aussi ça se fait rare... Pourtant, avec les sept nains... mis bout à bout, vous devriez réussir à avoir une taille correcte... Welsh Rarebit !... ? ? ? Mais ce n'était pas une grande à cheveux rouges qui se faisait Roger Rabbit ? Y'a une erreur de casting, là ? C'est Jeanne Mas ou Yvette Horner qu'il fallait nous mettre comme serveuse ! Remarque, l'accordéon, ça doit gêner pour servir !

Je regarde Babeth, complice de son one-woman-show qui m'amuse énormément et tente de rassurer la préposée au carnet à souche.

— Ne vous inquiétez pas, elle est nerveuse en ce moment.

— Oui, en ce moment, y a plein de choses qui me nervent. Un autre plat à nous proposer peut-être ?

La gentille serveuse soit ne comprend pas ce qui se passe, soit est vraiment très professionnelle.

— Oui, nous avons en spécial un pavé de biche.

— Viens, Caca, on décampe ! Ils ont tué Bambi pour le servir aux nains ! Ils sont malades ici ! Déjà les fauteuils en peau de zèbre, c'était suspect !

Là, la jeune femme me fixe de son regard le plus inquiet.

— On la soigne… Donnez-nous deux woks de légumes et deux coca light, sans glace. Ce sera parfait. Merci.

Elle s'éloigne en re-tortillant des fesses, les menus sous le bras.

Woks terminés, coca bus. Babeth me propose un moelleux au chocolat avec une boule de glace vanille.

— Non. Rien du tout, merci.

— Eh ! Que se passe-t-il ? Ça ne va pas ?

— Rien. Rien…

— On dirait que tu as vu un fantôme. Tu piques du nez dans ton assiette…

— On s'en va, s'il te plaît, ne pose pas de questions.

Bab balaye la salle de son regard et comprend très vite. Mon quadra égoïste-séducteur-avide-de-sentiments-et-grands-frissons a investi une table voisine et se répand en gestes tendres avec celle qui doit être sa femme. Au bord des larmes, je me suis déjà levée. Le salaud, il fait semblant de ne pas me voir.

Arrivée vers la porte, je me retourne et cherche

Babeth des yeux. Dans un élan chevaleresque, elle n'a pu résister…

— Tu n'as pas de honte, mon coco… Qu'est-ce qui se passe ? Tu ne reconnais plus Camille ? Tu sais, la fille que tu as draguée, puis sautée pendant trois mois… Ah, non ! Ne prends pas cet air surpris de lémurien ! Je suis ravie de voir que tu ne divorces plus et que tu t'es réconcilié avec ta femme. Comment disais-tu ? Qu'elle était si méchante ? Madame a pourtant l'air parfaitement normale et équilibrée. Tu ne te serais pas un peu foutu de la gueule de tout le monde, par hasard ? Il ne vous avait pas dit, madame ? Mais tu pourrais lui expliquer tout de même que tu cours la gueuse dans toutes tes soirées mondaines…

Gabriel essaie de prendre la parole pour enrayer le flot de reproches de Babeth. Excédée par cette tentative, elle lui pointe un index vengeur sous le nez et reprend de plus belle :

— Ah, non ! Inutile d'essayer de l'ouvrir. Laisse-moi te dire une chose : ma copine, elle a un cœur gros comme ça. Elle y a cru, à tous tes jolis mots, à ces week-ends, à ton amour, à ta solitude, à ta souffrance. Tu as eu l'immense privilège de croiser sur ta route un ange qui t'a ouvert son cœur, et toi, tout ce que tu as su faire, c'est la salir et l'humilier. Tu t'es servi et tu l'as laissée sur le bas-côté… laissée pour morte et qu'elle se débrouille. Je vais te dire une bonne chose, tu ne lui arrives pas à la cheville. Tu ne mérites rien d'autre qu'une petite vie grise, et certainement pas qu'une si belle âme pose son regard sur toi. Rien que de la croiser, ma Camille, c'était te donner plus qu'en toute une vie tu n'étais digne de recevoir. Tu n'as pas voulu voir sa beauté, tu n'as pas pris la peine de lire dans son cœur. N'oublie jamais : Dieu compte les larmes des femmes.

Tu t'es éclipsé de ma vie comme tu y étais entré, sans un bruit, sans un mot. Il ne reste qu'un peu de ton parfum, un souffle de vie qui se répercute sans fin dans tout mon être. Un jour, les battements de ton cœur arrêteront de résonner dans le mien… un jour peut-être… Hypocrisie de la Vie. Il est tellement long et difficile le chemin qui mène à l'Autre. Comble du désespoir d'être arrivée à le parcourir… mais pas assez vite… nous : il était trop tard…

Tu es parti… et j'ai posé tes mains sur mes yeux.

Un jour… puis un autre…

Une étoile… puis un chagrin…

La vie passe sur tout…

Qui donc étais-tu ?

AUTOPSIE DU QUADRA

SES FORCES : la passion, le torride, l'exotisme, sa fascination pour l'inconnue.
SES FAIBLESSES : l'instabilité, le mensonge, l'éphémère, la fuite en avant.
SON ATTRAIT SEXUEL : de ses doigts à l'implantation de ses cheveux, tout son corps ressemble à une zone érogène ambulante.
IDÉE CADEAU : un voyage à l'étranger…
SON ATOUT SÉDUCTION : le regard… de cocker.
SA MÉLODIE SECRÈTE : le désir est un plaisir qui est chaque fois à renouveler.
SON ANIMAL TOTEM : le chien (d'abord cocker, puis une fois à la maison épagneul ; sur la fin, Bab vous dirait que le bâtard s'impose).
SON CHEMIN DE VIE TERRESTRE : snif ! snif ! snif ! Je ne connais pas ce visage-là !

Le Coq

— Tu crois qu'il y en a pour longtemps, Babeth ?
— Je ne sais pas, le bimoteur décolle à huit heures vingt.
— Pourquoi ils nous font venir si tôt ?
— Certainement pour compter les sièges… c'est tout le plaisir des charters !

Il est cinq heures quarante-cinq. Encore trois heures assise dans cette coque en plastique, je ne sais pas si mes fesses vont supporter le supplice des bouboules-ratatinées-os-râpés. En plus Bab a dû partir sans son gras-d'épaule parce qu'elle n'est vraiment pas confortable !

Pourtant j'adore les aéroports. Tous ces avions qui décollent, transportant des voyageurs inconnus vers des destinations mystérieuses. Depuis toute petite j'adore les regarder dans le ciel, et ce que je préfère par-dessus tout, c'est inventer les histoires de ceux qu'ils transportent, imaginer leur vie, ce qu'ils fuient, ceux qu'ils vont retrouver. Cette fois je me joins au groupe ! Et c'est moi qui pars. Malgré mon cœur serré et mes pensées encore auprès de Gabriel, je trouve que Babeth a eu une super idée en m'obligeant à décoller. Destination exotique.

Me sentant glisser et m'enliser dans des pensées nostalgiques, elle me rattrape avant que je touche le fond, en me tendant la caméra :

— On va se filmer AVANT.

Caméra au point, yeux rivés sur le petit écran, je filme Bab, l'aéroport, les avions quittant le sol.

— J'immortalise aussi ceux d'en face ! Regarde comme ils sont tout blancs ! Avec leur teint de roux, je ne donne pas cher de leurs peaux sous le soleil de Mexico !… Il ouvre à quelle heure le troquet ? Je n'en peux plus, je vais me rendormir si je ne prends pas une dose de caféine.

— Ah, non ! s'insurge Babeth, on ne craque pas maintenant ! Garde les yeux ouverts ! Chante-toi une chanson, fais quelque chose, mais ne t'endors pas ! On est capable de rater le départ comme la dernière fois et je refuse de visiter une ville merdique simplement parce que nous ne sommes pas capables de rester éveillées dans un hall d'aéroport !

— … C'était pas mal, Bologne… dis-je d'une petite voix fautive.

— Oui, enfin on avait tout de même prévu Bali !

Sept heures quinze. Un bruit de larsen fait sursauter tous les voyageurs qui terminent péniblement leur nuit. L'hôtesse au sol (oui, parce qu'il existe aussi la version « en l'air ») a saisi le micro à pleine main pour nous annoncer l'embarquement immédiat. File d'attente. Les gens paraissent tellement pressés de se retrouver enfermés pour les huit prochaines heures dans cette boîte de conserve volante qu'ils se montent presque dessus. Bizarre, ce comportement… Après cette première queue, contrôle des billets, re-queue, couloir d'accès, re-re-queue, contrôle des passeports, re-re-re-queue, entrée dans l'avion et contrôle des cartes d'embarquement et re-re-re-re-queue pour atteindre les fauteuils.

— Je suis sûre qu'ils ajoutent des rangées de sièges dans ces charters. Regarde, il n'y a pas de place pour les jambes ! Si le mec de devant abaisse son dossier, il faudra appeler un désincarcérateur pour me sortir de ce zinc !

— Il est peut-être pas mal, le désincarcérateur ! Oh, Caca ! Vise un peu ce qui arrive dans l'allée…

Je me hisse légèrement sur mes accoudoirs pour observer. Au loin, tel un brontosaurus vert à crête jaune, un homme d'un âge indéfini s'avance pesamment, s'aidant à chaque pas d'une traction des bras qui ébranle le dossier des fauteuils.

— Ah, non, pas ça… Pas un démesuré à côté de nous ! On va mourir ! Pense très fort : pas là, pas là, pas là… Ouffffff…

— Comme il a l'air sale celui-là, il doit faire partie du club « je pue dès sept heures du mat' » !… Non ! Pas là, pas là, pas là… Ouffff… Whaouu !… Vise un peu ce bel Italien ! Parfait pour nous, ça ! Vas-y… là, là, là… Et crotte ! Il est pour la brunette de devant.

— OK, OK, OK, OK, nous n'avons pas de chance, mais il vaut mieux avoir une place vide à côté de soi plutôt qu'un embryon d'emmerdes. Allez, en position pour les prochaines heures.

Dans un même élan, nous sortons notre coussin-tour-de-cou et entamons la séance de gonflette, inspiration, expiration. Mes joues ressemblent rapidement à celles de Duke Ellington, mais qu'importe, en une semaine au soleil, les rougeurs auront le temps de s'estomper. Une fois en place, nos minerves-chambres-à-air nous font ressembler à deux orthos. Mais l'équipement n'est pas complet et, pour un bon voyage, les masques de sommeil font leur apparition sur nos fronts. Là, c'est sûr, même si un Roméo passait par là, nous serions contraintes de faire semblant de ne rien voir !

Après quarante-cinq minutes d'embarquement, le commandant nous parle :

— Bonjour, ici Pitt Boyington, votre commandant de bord… la durée de votre vol sera de huit heures environ et nous atteindrons Cancun vers dix heures trente, heure locale… Je vous souhaite un bon vol.

Re-bruit de micro.

— Bonjour, ici Bob Têtebrûle, votre chef de cabine…

— Ils ne seraient pas en train de se moquer de nous, par hasard ? Parce que ça me rappelle vaguement quelque chose.

Les yeux cachés par son masque et le cou bloqué par le coussin, Babeth entame un murmure à peine audible mais très reconnaissable.

— Tung-tung… tikitikiti-tikitikiti… tung… tung-tung… tikitikiti-tikitikiti…

Deuxième heure de vol. Chaque passager est crispé dans sa bergère, tentant de se réchauffer à l'aide d'une couverture bleu lavande cent pour cent fibres synthétiques naturelles, mesurant généreusement soixante centimètres par soixante. La climatisation semble être régulée par la température extérieure de la cabine, c'est-à-dire environ - 47° C, et les gouttes au nez commencent à faire flaque. Un bruit se fait entendre.

Puiiiiiiiiiiiiiiii…

— Babeth tu entends… C'est quoi ce bruit ? Ils ont embarqué des maringouins !

Puiiiiiiiiiiiiiiii…..

— Mais c'est vrai, il y a un bruit !… L'insecte doit être assez près… je sens du vent sur ma joue…

— On tourne, là ? J'ai l'impression d'avoir la tête qui penche.

— Non, non, la mienne est toujours bien droite.

Puiiiiiiiiiiiiiiiiii…

Babeth a remonté son masque sur le front et me secoue légèrement par l'épaule.

— Camille ! Camille ! Tu dégonfles ! ! !

— Ah ! C'était ça…

J'enlève le pneu crevé qui aurait pu me faire office de bavette et active la seule solution existante dans un avion à dix mille mètres d'altitude : je sonne l'aubergiste.

— Tu n'as pas peur d'emmerder tout le monde toi avec ton ding-ding !

L'hôtesse arrive, ravissante dans son tailleur bleu à rayures jaunes et son foulard autour du cou rappelant le rouge pivoine étalé sur le sourire de ses lèvres. Je lui demande poliment :

— Auriez-vous un pansement, s'il vous plaît ?

— Vous vous êtes fait mal ?

— Non, juste une petite fuite. Peut-être seriez-vous équipée en rustines ?

La maîtresse de maison est visiblement perturbée par ma demande et son sourire vire peu à peu au rictus un rien crispé.

— En rustines ? J'ai peur de ne pas saisir…

— J'ai un problème d'échappée d'air et…

Choquée par ce que mes propos ont pu lui faire croire, elle ne me laisse pas finir ma phrase :

— … Et il vous faut une rustine????!!!!!

Sentant le malaise grandir, je lui tends timidement ma bouée crevée et amorce une explication.

— Oui… Ce n'est pas pour moi, c'est pour mon coussin !

— Ah… Je vais voir ce que je peux faire.

Après avoir bouché le trou avec un bout de chewing-gum et un sparadrap par-dessus, je reprends ma pause initiale et m'apprête à replonger dans les bras de Morphée, quand subitement un nuage invisible, mais tout aussi pesant qu'une brume de Nouvelle-Écosse, envahit l'habitacle réduit du Zeppelin.

— Tu sens, Babeth ?

Le nez retroussé et les narines aux aguets, je me redresse doucement sur mon pliant aérien pour ne pas faire trop de mouvement d'air autour de moi tant l'effluve qui emplit peu à peu la conque céleste menace de me retourner l'estomac.

— Je crois que je ne peux pas faire autrement que de sentir…

— Tu crois que ça provient de quelle sorte d'aliments ?

— Parce que ça se mange ?

— J'ai bien peur que oui. Mais si tu as un problème, ils ont prévu des petits sacs en papier !

Le cliquetis des petites roues métalliques des chariots de ravitaillement se rapproche. Babeth se démasque, puis se penche pour tirer sa tablette avant et saisir le menu.

— Ça vaut le détour ! Regarde un peu : Salade mexicaine avec haricots rouges, tomates et maïs.

— Heureusement que le vol ne dure que huit heures.

— … suivi de : Chili con carne – riz… Ah ! Là,

à trois cents passagers, avec ce qu'ils nous ont mis comme fayots, dans une heure on gagne direct un réacteur !

Vingt minutes plus tard, une seconde fragrance, tout aussi prenante et surprenante, se propage rapidement par les bouches de ventilation de notre gîte éthéré.

— Mais… mais… c'est quoi, ce nouvel arôme ? C'est très fort, ça, comme odeur. Presque pire que l'autre !

— … Lingette au citron… lance Babeth, grande habituée des long-courriers.

— Mais c'est monstrueux !

— Regarde un peu de l'autre côté, c'est une serviette multi-usages, il s'essuie même le visage avec !

Les lumières se tamisent. Sur les écrans la première bobine défile et une bonne moitié de la cabine se transforme en compartiment couchettes.

Rrrrrrrrrrrr…..

— Non ! Pas ça ! Ça va pas recommencer. Il ne m'a pas suivie quand même !

Babeth se redresse, enlève son masque de sommeil et regarde alentour, puis ses yeux se posent sur moi d'un regard surpris : « Qui ça ? »

Rrrrrrrrr….

Inquiète, je me recroqueville doucement sur mon siège et susurre à Bab :

— J' te dis qu'il est là !

— Mais qui ?

Atterrissage sur le tarmac de Cancun, Mexique. Nous arrivons dans un grand hall – pas de caddies, trente-cinq degrés – et traînons péniblement nos valises jusqu'à une grappe d'humains agglutinés derrière une ligne jaune.

— Étrange, cette douane. Tu crois que c'est quoi, Bab, ce feu de circulation en plein milieu ?

— À priori, il faut appuyer sur le bouton. Certainement une coutume locale, une sorte de loterie. Fais comme les autres.

— OK, je pèse sur la pitoune. Vert : je passe, je fonce !

— À moi. Rouge… Caca ! Je fais quoi ? Caca ! Me laisse pas ! Y a un gros Mexicain qui me parle !

Effectivement, un homme assez volumineux à chemise bleu ciel, option dessous de bras auréolés style anneaux de Saturne, s'est placé face à elle et lui bloque le passage. Tex se met à lui parler.

— El semàforo està rojo usted debe estar en la fila de derecha abra sus maletas delante de mis colegas ! De prisa que esta bloqueando toda la fila ! ! Benga ! ! Benga !

— Bab, le mien aussi s'est mis à parler ! En plus il n'a pas l'air facile avec ses petits yeux cruels !

Le douanier fait glisser le zip de ma valise et entreprend sa fouille. Au bout de quelques instants, Mex relève la tête et me regarde fixement dans les yeux comme pour me passer au détecteur de mensonges.

— Esta bloquando toda la fila signorita. Abra su bolsa ? Lleva usted queso, productos toxicos o cuchillo ? me demande le Sergent Garcia, les mains plongées dans mes petites culottes.

— C'est n'importe quoi, leurs feux rouge et vert : ils te stoppent de toute façon ! Mais qu'est-ce que je dois lui dire ?

— Dis « gracias », c'est tout ce qu'on sait dire de toute façon !

— Non, je connais aussi « Tequila ».

— Je ne suis pas sûre que ce soit efficace, oublie l'alcool pour aujourd'hui.

Après une heure de route dans un autocar non climatisé, nous atteignons l'hôtel. Dès notre descente, un jeune homme nous marque d'un bracelet rouge au poignet. L'équipe de GO au grand complet nous accueille sur un rythme de polka.

— Camille ! Tu vois ce que je vois ?

— J'ai bien peur que oui.

— Et… c'est quoi ce truc rouge au milieu avec une grande queue qui nous fait des signes ? Tu as donné rendez-vous à quelqu'un ?

— Non, je ne connais personne dans la région… Ce doit être la mascotte.

À l'approche de l'ours en peluche géant qui danse en nous saluant, je lance à Babeth sur un ton très perplexe :

— Dis-moi, tu les as trouvés où les billets ?

Sentant poindre dans ma voix comme un léger agacement mêlé à un soupçon de reproche, Bab joue la-mine-de-rien. Une voix dans un haut-parleur la sauve in extremis en nous souhaitant la bienvenue dans la péninsule du Yucatán ! Traînant sa valise dans le couloir qui mène à notre chambre, elle s'arrête brusquement, tourne légèrement la tête et me regarde d'un œil complice.

— Eh bien, il ne nous manque plus que les boules autour du cou…

Désignant un sautoir triple rang de perles en plastique montées sur élastique, je rétorque :

— … Pour moi c'est fait.

— Quoi ? Où est-ce que tu as pris ça ?

Nous éclatons de rire.

— Allez, on dépose nos valises, on enfile nos bikinis et à nous l'océan !

Une heure plus tard, nous rejoignons le rivage, équipées de tout l'attirail de la parfaite « Martine à la plage » : lunettes de soleil, crème, paréo, walkman et livres en cours. L'endroit est magnifique. Le sable blanc glisse sous nos pieds, la mer s'étend à l'infini et le clapotis de ses vaguelettes chante comme un présage de bien-être absolu. Les oiseaux dansent dans les rayons de soleil de cette fin d'après-midi… Aucun nuage à l'horizon pour une semaine de farniente physique et intellectuel. Nous plaçons deux transats, pieds dans la lagune. L'eau est tiède, presque trop chaude, une légère brise apporte juste ce qu'il faut de fraîcheur… mmmmm…. un vrai plaisir, le bonheur presque parfait… Et dire qu'il y a quelques heures nous étions à Paris ! Je me laisse aller à de douces rêveries…

— Bab ! Bab ! Nous nous sommes trompées d'île ! C'est Jurassic Park ici ! Vise un peu à ta droite !… Ne fais pas de bruit… Il ne faut surtout pas l'affoler.

— Il me regarde… Il me regarde vraiment fixement, tu ne trouves pas ?

Babeth, en appui sur ses avant-bras, n'ose presque plus respirer.

— Ne bouge plus.

— Pourquoi il fait ces drôles de pompes comme ça ?

— Il doit avoir repéré sa proie…

— … Et tu crois que ça mange quoi un varan d'un mètre cinquante de long ?

— Je ne sais pas… Mais je ne crois pas que ce soit carnivore.

Trois jeunes hommes bien bâtis jouent au foot pas très loin de nous. La balle aux pieds du premier rebondit sur la poitrine du deuxième et le troisième shoote. Bingo ! Tête du varan ! Celui-ci détale sans demander son reste. Nos poumons s'emplissent à nouveau.

— Merci beaucoup. On ne savait pas comment se débarrasser de ce gros lézard.

Le leader prend la parole pendant que les deux autres gloussent dans son dos. Roulant des mécaniques, bombant le torse, main sur la hanche et jambes écartées de 50, il sort son paquet de clopes coincé dans son bermud-de-baignade… vous savez, celui qui fait poche d'air sur les fesses lorsque monsieur rentre dans l'eau : on a juste l'impression qu'il est suivi par une bouée. Eh bien, ce mec, lorsqu'il enlève ses langes, il est bronzé de la tête au nombril puis du genou à la cheville ! Je croyais que les marques de maillot n'étaient excitantes que chez les filles, que cela permettait de repérer l'essentiel dans la pénombre. Je ne te dis pas chez lui la grandeur de l'essentiel !

— SLT les filles ! dit-il en levant la main. Alors, en vacances pour la semaine ? Il va falloir travailler le bronzage !

Babeth accepte cette invitation au dialogue uniquement parce qu'ils viennent de nous sauver d'une mort atroce, dévorées par un molosse écailleux de la fin du secondaire.

— Il y a beaucoup de bestioles comme celle-là par ici ?

— Oh ! Ça, c'est rien à côté des requins qu'il y a dans la lagune.

Je me redresse, consulte Bab d'un regard rapide. Dans un même mouvement, nous sautons sur le sable, avec la dextérité de Marie-Jo, avant les derniers J.O. Les garçons ricanent, fiers d'eux et de leur blague à deux balles.

— Ben, c'était une BLG ! Vous venez vous baquer ?

P.I.S. : Il s'est bouffé le dico des textochs ou quoi ?

Je décline poliment l'invitation, prétextant l'envie de faire un petit repérage des lieux.

— Bon, ben on se retrouve à la SàM tonight ?

— OK. C'est ça. À tout' !

Dix-neuf heures trente, heure locale, le buffet a ouvert ses portes. Arrivées dans la salle à manger après une douche apaisante, le tube de lait après-soleil et un petit jogging enfilé à la va-vite, Bab et moi nous installons à une table en extérieur pour un apéritif bien mérité. Séduites par un somptueux coucher de soleil, nous feuilletons chacune un guide touristique pour préparer notre journée du lendemain.

La soirée est animée par un groupe jouant des polkas mariachis, le folklore local en quelque sorte. C'est plutôt entraînant. Pépé Villa se déchire sur un Arroz con leche. Les guitaristes semblent passionnés et très inspirés. Dans un lent mouvement, ils se rapprochent et se plantent devant notre table pour poursuivre leur récital. L'un d'eux, ombragé de son grand sombréro, grattouille frénétiquement son instrument tout en regardant un point derrière moi… Étrange ce regard fixe… Je me retourne, toujours discrète. L'homme est très naturellement en train… d'admirer son reflet dans la baie vitrée et son image semble beaucoup lui plaire ! C'est beau un homme qui s'aime !

Après une demi-heure de ce spectacle, les tri-foot débarquent. Costumes en lin dans un joli dégradé de beige, gris et blanc. Leurs visages sont huileux, tartinés de crème, sans doute à la carotte si l'on en juge au teint de ces tres-machos-amigos. Ils ont tous les trois le même look et arborent fièrement des chemises ouvertes sur leurs torses… enduits eux aussi. Ils nous proposent de nous joindre à eux pour le dîner et de nous installer à une table proche du buffet, à l'intérieur. Nous re-déclinons. Toutefois, sentant bien que nous ne pourrons leur échapper toute la soirée, nous leur proposons de les retrouver après le dîner, manière aimable de les renvoyer dans leurs buts, en espérant très fortement que, d'ici là, ils auront jeté leur dévolu sur d'autres donzelles.

Le dessert à peine avalé, les tri-foot repassent à l'attaque. Apparemment, c'était alcool à volonté au buffet et, non contents d'afficher une haleine de pilier de comptoir, ils ont l'œil agité et la tête-chercheuse-à-foufoune entre en action. C'est sûr, au point où ils en sont, seul un repli stratégique pourrait nous éviter de passer la soirée à subir une séance de drague à trois balles, digne des meilleurs campings du Lavandou un 15 août. À moins qu'avec un peu d'imagination, nous n'arrivions à réorienter leurs ardeurs vers une simple entente potes-à-potes.

Allez ! Ça nous fera un peu de distraction. On se

laisse faire trois minutes. Voyons comment nos écrevisses vont présenter les choses. La musique se fait plus forte, l'endroit se transforme en disco, nous entrons sous le dôme de feuilles de palmier. Le refrain est entraînant : Début de Soirée.

Foot Blanc, le chef, nous suit et lance un « J'adore ! c'est ma meilleure ! Allez ! Venez les filles, on va onduler ! »

Visiblement inspiré, il se plante devant moi et commence une danse effrénée : jambes écartées, il se déhanche, poings fermés, en rythme, effectuant un mouvement de balancier droite-gauche. La musique aidant, le rythme se propage rapidement jusqu'aux épaules, puis redescend vers le bassin dans un roulement à peine contrôlé. Il connaît les paroles par cœur et chante à tue-tête avec ses copains : « Et tu chantes, chantes, chantes, ce refrain qui te plaît ; et tu tapes, tapes, tapes, c'est ta façon d'aimer, ce rythme qui t'entraîne jusqu'au bout de la nuit, réveille en toi le tourbillon d'un vent de folie… »

Foot Gris se rapproche progressivement de Babeth, fait mine de l'enlacer, chaloupe de l'épaule et lui dit :

— Et toi, ça réveille pas en toi un vent de fôliiie ? Tu ne veux pas faire des fôliiiies, ce soir ?

Foot Beige, le petit dernier de la troupe, s'interpose pour ne pas rater sa chance :

— Allez, arrête, c'est avec moi qu'elle veut se déhancher. Allez ! Viens ! Regarde ! Je t'avais dit…

Foot Blanc s'est accroché à moi et continue de s'agiter frénétiquement sans lâcher son verre de tequila. M'en fous, je danse. Le blair, on s'en occupera plus tard s'il devient trop collant.

Mais le manège des deux autres autour de Babeth se fait plus pressant. Ils l'encerclent… Technique classique d'accouplement du dauphin : les deux mâles repèrent la femelle et, dans un jeu de nageoires savamment calculé, la mettent en boîte. La course commence alors pour féconder la femelle au plus vite. Il n'y aura qu'un seul élu et donc un seul déçu… Sauf si la femelle réussit à frétiller de la nageoire encore plus vite : elle aura le conduit sauf, et les deux ailerons repartiront en berne. Je me rapproche de Babeth et lui glisse à l'oreille :

— N'oublie pas, le dauphin peut projeter son sperme jusqu'à dix mètres ! Méfie-toi, ça tache, le Flipper, et il n'y a pas de pressing ici… No pressingo !

Changement de musique : Boys, Boys, Boys… Foot Blanc ne se sent plus de joie et son abordage se fait plus précis.

— Mmm… T'es comme celle qui chante, t'as des gros seins. J'adore !

Un vrai poète, il vaut mieux faire semblant de ne pas avoir entendu… Je continue à danser tout en m'écartant du groupe en diagonale, selon la méthode de déplacement du crustacé. Les Bee Gees en profitent pour rejoindre le bar et se siffler un énième verre de tequila. Je n'ai même pas besoin d'entendre pour savoir ce qu'ils se disent ! Je rejoins Babeth qui ne peut retenir son commentaire.

— Dans le genre lourd, je crois que nous avons tiré le gros lot !

— Remarque, ils ne sont pas méchants. À mon avis d'ici un soir ou deux, ils auront trouvé tongs à leurs pieds. Regarde les autres !

— Oui, il y a de quoi faire !

Les tri-foot, toujours accoudés au bar, nous regardent, nous dévisagent, nous envisagent.

— T'as vu comme elle est bonne, la mienne ! reprend un Foot Blanc tout émoustillé.

Les copains surexcités enchaînent :

— Oh ! Comme elles sont chooooooooodes. Regarde ! Elles ondulent, elles nous regardent !

— Avec la bouche qu'elle a…

— T'as raison, c'est de la goulue. Une bonne gourmande comme on aime. Au fait, comment elle s'appelle ?

— Bab. C'est la fille de Bonzini tu crois ?

— Bab, mais c'est pas un nom ça. Enfin on s'en fout, elle est bonne et elle est dispo. C'est tout ce qui compte.

— Ouais, ça va chauffer de la burne ! Allez ! On y retourne. J' t'avais dit que c'était un bon plan, ces vacances en club.

Foot Beige est survolté. Foot Blanc frappe le torse de son ami et sonne la fin de la pause.

— Allez ! C'est les slows. On va te les emballer !

Foot Gris visiblement très désappointé leur lance d'un ton presque suppliant en suivant le mouvement :

— Et moi, je fais quoi ? Y'en a que deux ?

Et Foot Beige de lui répondre, bon joueur :

— On la laisse choisir et l'autre dégage, OK ?

La musique vire BOF la Boum sur les platines du DJ.

Foot Blanc s'approche, m'enlace, j'essaie de le repousser délicatement. Il colle de transpiration et l'huile-crème-carotte fait glisser sa joue sur la mienne, un vrai bonheur… Babeth ! Help ! Il me serre vraiment trop fort. Comment faire, je peux pas me dégager. Haaaaaa ! Une vraie limace, ce mec. C'est quoi, ce plan galère ? ! ?

Bab n'a pas l'air en pleine forme non plus, et costume-transpirant-beige semble s'apparenter lui aussi à l'espèce des UHU. Il tente une descente-de-main-le-long-du-dos, en vue d'un pelotage-savant-et-consistant-de-la-bouboule. S'il ne stoppe pas, connaissant Babeth, il va s'en prendre une et ça va claquer très fort ! Parce que ma copine, c'est la sœur de Chuck ! Allez, je lance le mouvement, on va se coucher.

Au prix d'un effort surhumain, je réussis à décoller la coquille Saint-Jacques décérébrée glu-tinée à mon cou et rejoins rapidement Bab.

— On va se coucher. Bonne nuit !

Foot Blanc, qui voit tous ses efforts réduits à néant par cette seule petite phrase, essaie de nous retenir d'un ton larmoyant, presque suppliant.

— Allez, restez encore un peu, les filles !

Avisant un rassemblement de jupettes au fond de la piste de danse, je tente une réorientation de nos assaillants vers des jouvencelles plus disponibles.

— Regarde, il y en a trois là-bas. Nous, nous ne sommes pas free. Tu devrais essayer celles-là. Allez, tu nous raconteras tout demain au p'tit dej. Bonne chance !

Je lui fais un clin d'œil appuyé et complice.

— OK, alors SLT les filles, à demain !

Après une visite du site de Chichen Itza et une baignade dans un cenote (ça c'est pour la page culture, j'ai le film, si vous voulez, ou la brochure de l'agence de voyage, au choix), nous consacrons notre deuxième journée de vacances à un farniente-plage-mer-soleil-plage-mer-soleil-plage-mer-soleil. OK, j'arrête !

Les chaises longues installées à l'ombre d'un palmier, en retrait du reste du groupe, nous inaugurons un énième bikini, noir pour Bab et rose pour moi. Repue de Tracy Chapman dans mon walkman, j'entame un nouveau bouquin, mais je n'arrive pas à me concentrer sur le contenu tant l'absence de Gabriel est difficile à supporter. Des souvenirs se glissent entre les lignes. Je referme le livre et fixe l'horizon.

— Bab, t'en as pas marre d'être seule, toi ?

— Mais je ne suis pas seule. J'ai mon fils et plein de gens autour de moi.

— Arrête, tu sais bien ce que je veux dire. Tu n'as pas de mec.

— Mais ne pas avoir de mec ne veut pas dire être seule. Tu sais, je me sens beaucoup mieux comme ça. Une relation exigerait un investissement affectif que je ne peux pas fournir. En plus, elle me péterait au nez quelques semaines ou quelques mois plus tard. Il faut que tu penses autrement : tu n'es pas seule, tu vis ENFIN pour toi. Ce qui vient de se passer ne t'a pas servi de leçon ?

Les propos de mon amie me laissent songeuse. Comment lui expliquer ? Bien sûr, la baffe que je viens de recevoir dans ma relation avec Gabriel m'a marquée. Mais, loin de me servir de leçon, cela n'a fait qu'ajouter une déception à toutes les précédentes. Une déchirure de plus, un peu plus violente peut-être, sans doute à cause de son caractère récent… sans doute… Mais, je reste persuadée qu'il y avait entre lui et moi quelque chose de plus profond que dans une banale aventure. Passade de quelques semaines, de quelques mois ? Non, ce n'est pas possible !

— Peut-être, mais, malgré tout, je ne sais pas si j'ai très envie de vivre pour moi. Je voyais plus la vie comme un partage, un échange…

— Pour partager quoi que ce soit, encore faut-il

que tu aies des choses à toi. Tu ne crois pas qu'il faut que tu apprennes d'abord à être heureuse seule avant de chercher ailleurs ?

— Oui, certainement… mais si j'avais quelqu'un à rendre heureux, ce serait pas mal…

— Tu ne pourras rendre personne heureux si tu ne sais pas toi-même être heureuse. Avant de pouvoir aimer quelqu'un d'autre, il faut d'abord que tu apprennes à te supporter. Crois-moi, j'essaie depuis des années !

Changeant de ton, Bab tente de me remonter le moral en utilisant l'humour comme bouée de sauvetage.

— Regarde-moi, j'ai compris. Je suis insupportable, même pour moi ! Alors pourquoi un autre me supporterait-il ?

— Mais moi, je ne suis pas insupportable, j'ai juste besoin d'aimer, de donner. Tu vois, dans mon bouquin, ils appellent cela des « dinosaures de l'amour ». Je suis comme ça. J'attends le grand amour !

Soupçonneuse, le sourcil gauche relevé, Babeth me regarde derrière ses lunettes noires.

— C'est quoi ce que tu lis ? Fais voir.

Babeth se saisit de mon livre, le referme et lit à haute voix le titre, l'air peu convaincu.

— « La femme seule et le prince charmant » de Kaufmann. Connais pas ce mec. Il aurait mieux fait de se casser une patte celui-là. Encore un homme, bien sûr !

Et Babeth de prendre son élan pour projeter le livre le plus loin possible dans l'eau.

— Écoute, on est venu ici pour se la couler douce et te faire oublier la cata-Gabi. Alors, FARNIENTE ! Tu sais ce que cela veut dire ? Les bouquins prise-detête qui parlent d'amour, écrits par des hommes qui t'expliquent que tu es une inadaptée affective, c'est de la connerie et c'est interdit sur cette île ! OK ! Alors tu branches ton walk et surtout, tu ARRÊTES de penser ! Pigé ?

Babeth reprend sa position allongée. Subitement, comme si elle lisait dans mes pensées, elle se redresse et, pointant vers moi un index autoritaire, termine son ordonnance.

— Et je ne veux plus entendre une seule phrase de plus de trois mots pendant tout le reste du séjour. La boutique est fermée. Je suis en VACANCES !

— OK, OK, OK ! C'est bon, je ne pense plus...

Babeth endormie sur un transat sous son cocotier. Moi, Haivne Boel en boucle dans les oreilles... Je m'imagine en sa compagnie. Je ferme les yeux, le soleil dore ma peau et je sens déjà sa présence à mes côtés... Il m'enlace... Nus, allongés sur le sable de cette plage déserte... le flux et le reflux des vagues caressent nos corps, les baisers se font plus langoureux encore... ses mains... oui... ses mains... mais... mais ! ! !

Du sable me tombe dessus. Bizarre, il pleut du sable ici ! J'ouvre les yeux.

— Haaaa ! Pas dans les yeux ! !

Foot Blanc est là, les mains pleines de grains jaunes et s'amuse à me les faire tomber dessus. Avec l'huile solaire, c'est un vrai bonheur, ça colle, je vais ressembler à un crumble. On fait difficilement plus stupide comme technique d'approche. Il ne va pas me lâcher un peu, juste le temps de profiter de mes vacances ? Pourquoi faut-il qu'il y ait toujours un gros plouc qui vous poursuive dès que vous cherchez bonheur, tranquillité et sérénité. Il n'y a pas d'autres poissons sur cette plage ? Ce n'est pas possible ! On est pourtant au pays des thons ici, il devrait s'inscrire pour l'excursion pêche au gros !

Comment me débarrasser de cette andouille ?

— Alors, on bronze, les nanas ?

Sans bouger Babeth rétorque :

— Non, on bronzait… jusqu'à ce qu'un bernard-l'ermite se mette entre nous et le soleil.

— Elle a de l'humour, ta copine ! Un peu agressive quand elle se réveille, non ? On va se baigner tous les deux ?

Babeth se relève brusquement de son transat, plonge un regard furieux dans celui de Foot Blanc et intervient très… spontanément.

— Et pourquoi pas un ciné pendant que t'y es ! À vingt-cinq ans bien sonné, c'est peut-être plus ton truc pour emballer les gonzesses ?

Holà, Senorita ! Il me faut freiner l'échange, sinon ça va dégénérer. Mais, pas du tout impressionné par la sortie de Bab, Foot Blanc persévère :

— Alors Camille, on y va ?

— Je ne vais nulle part ! Je reste ici ! Je remets mon walkman sur les oreilles et tu nous laisses tranquilles pour la journée, OK ?

— OK. Alors on se voit ce soir à la boîte ?

— C'est ça. SLT et à ce soir ! Tu nous raconteras votre soirée avec les trois filles d'hier !

Babeth ajoute :

— Et demain on partira à la pêche à la bonite !

— Oh ! Tu fais une excu ? Super top, du bateau. On va se marrer !

Foot Blanc, qui nous a prises au pied de la lettre,

s'éloigne, très heureux de partir à la pêche avec nous le lendemain. En une réplique, nous venons de rempiler pour un nouveau tour de manège.

— Tu crois qu'ils vont nous coller longtemps ?

— Je ne crois pas, j'en suis sûre. Tu sais, quand ils ont une proie en vue, à moins qu'une jugée-accessible-immédiatement ne passe, ce genre de mec colle un peu.

— Eh bien, ça promet pour le reste du séjour.

— Bah… Avec ce qu'ils se tapent comme coups de soleil, on aura bientôt la paix… Il faudrait trouver un médicament qui provoque des allergies au soleil…

La tête de Babeth change au fur et à mesure de son explication. Elle laisse se visser sur son visage une vraie tête d'assassin, pire, le masque d'un parfait serial killer.

— … On en mettrait un peu dans leurs verres ce soir… et demain… on serait tranquilles : couverts de boutons qui démangent à mort… c'est radical.

— Ce ne serait vraiment pas cool de leur faire ça. Quand même, tu pousses un peu.

— Tu préfères l'avoir toi, l'allergie ?

— Allez, un petit tour de piste ce soir. On va se détendre. Tu es vraiment infâme, tu sais, quand tu t'y mets.

— Oui, je sais… Mais j'assume.

Le soir venu, nous nous rendons au restaurant-buffet-salle-de-spectacles-boîte-de-nuit du club. Une fois de plus, nous nous installons à l'écart de la masse qui se presse vers le buffet pour ne pas perdre une miette des plats « à volonté ». Nous préférons le sable et les petits caillebotis de l'extérieur et dînons tranquillement. Au menu : saladas del tentaculès del poulpos, ragoûtas de viandas (très très suspectas), omelettas de patatas. En dessert : concours de couleurs de gâteaux qui ont l'air plus infâmes les uns que les autres ou glasas a la mangas. Ça a l'air de plaire, pourtant !

D'un mouvement précis, telle une spécialiste aguerrie de la faune marine, Babeth éperonne un morceau de ventouse poulpienne. Répétant ce geste à plusieurs reprises, elle accumule les tentacules et, sans marque de dégoût les porte à sa bouche. J'observe interloquée et scrute sur son visage l'apparition d'une mimique précisant la sensation provoquée par le contact ventouses-langue. Rien.

— Elles sont bien assaisonnées, tu devrais goûter.

Elle reste vraiment une énigme pour moi. Tellement sûre d'elle et pourtant si sensible. Son cynisme face aux rapports humains, auquel s'ajoute le mystère d'une vie personnelle dont elle s'abstient toujours de parler forcent le respect.

— Dis-moi, Bab, tu ne m'as jamais parlé du père de ton fils.

— S'il présentait un quelconque intérêt, il serait encore là. Que veux-tu que je te dise sur un homme qui a pris la poudre d'escampette au premier sourire de son enfant ?

Après avoir marqué une pause, Babeth se cale au fond de son siège, croise les bras, le regard perdu à l'horizon, et commence à parler.

— J'ai eu Joseph lorsque j'avais vingt-six ans après avoir vécu trois ans avec son père. Le jour de son premier anniversaire, le papa a cru bon pour moi, pour l'enfant et surtout pour lui de disparaître. Je me suis démerdée toute seule. J'ai endossé le rôle de mère, celui de père, j'ai subvenu comme j'ai pu aux besoins financiers et à l'éducation de mon enfant. Le moment venu, j'ai même dû répondre aux questions de mon fils qui voulait savoir qui était son père, pourquoi il était parti. À cause de lui ? À cause de moi ? Difficile d'équilibrer un enfant quand on ne peut s'empêcher soi-même de culpabiliser. Mais malgré cela, j'ai assumé. Un jour, à la sortie de l'école, un homme s'est présenté et lui a dit « Tu es mon fils ». Il s'était marié et, ne pouvant avoir d'enfant avec sa femme, il s'était souvenu qu'il en avait déjà un. Il venait chercher son descendant comme un dû, sans un mot d'excuse ni une explication. Je me suis battue pour ne pas perdre ma seule raison de vivre, mais j'ai aussi dû accepter son retour et qu'il fasse désormais partie de la vie et du cœur d'un fils abandonné.

— Mais pourquoi, en dix ans, tu ne nous as jamais rien dit ?

Babeth baisse la tête, ignorant ma question. Tout au long de son poignant monologue ses yeux se sont brouillés de larmes qui se retiraient pour réapparaître quelques instants plus tard, comme une marée d'émotions à peine contenue.

— Ma seule force de réaction, je l'ai trouvée en tirant un trait définitif sur ma vie amoureuse. Mais je ne suis pas un bon exemple parce que mon attitude est d'une extrême faiblesse. J'aimerais avoir le courage de trouver la force de recommencer. Laisser une chance, un jour, à un homme de me prouver qu'il m'aime au lieu de fuir chaque fois, dès que la relation s'intensifie. J'aimerais te ressembler, être forte et savoir, comme une certitude, que l'Amour existe. Avoir le cran de réessayer avec la même volonté toujours renouvelée. Je vis dans la peur continuelle d'être abandonnée à nouveau, et cette souffrance m'enrobe un peu plus chaque jour comme pour m'étouffer. Je n'ai pas fait le deuil, je n'ai pas su guérir. Tu vois, ton histoire avec Gabriel, je sais que tu y crois encore et tu as raison, même si parfois je te dis le contraire. Parce que celui-là tu ne l'as pas choisi en fonction de tes manques, c'était vraiment un coup de foudre…

Babeth relève le menton et reprend son ton habituel, sourire aux lèvres. Avec le dynamisme d'un véritable coach, elle me relance dans la course.

— Mais ce n'est pas pour maintenant, tous les deux, alors ne t'arrête pas, n'attends pas, et vis ta vie. Mauvais timing, ce sera peut-être pour une autre vie !

— Enfin tu l'avoues ! lui dis-je d'un ton victorieux, très satisfaite.

— Ouais, mais ce n'est pas la peine de la ramener toutes les vacances sur ce mec, OK !

Tandis que nous attaquons la dégustation de nos assiettes sucrées, nos trois Chicken Run font leur apparition. La musique commence à se faire entendre. Ce soir, quelle chance ! Soirée à thème : Rock'n roll. Whaouu ! Je me disais bien que ce n'était pas normal qu'ils se soient collé des bananes sur le front ! La musique est entraînante. Allez, un petit tour de piste avec Les Forbans, rien de tel pour la digestion avant d'aller dormir. « Whap ! Whap ! Whap ! Whap ! Whap ! Whap Bada Bada ! Whap ! Whap ! Whap Whap ! Whap ! Whap Whap ! Doo ! Whap !… (Y a des paroles dans leur chanson ?) « Chante, chante, danse et mets tes baskets, chouette, c'est sympa tu verras, viens, surtout n'oublie pas, vas-y ramène-toi, oui tout le monde chez moi. Ce soir c'est la boum dans le living-room… je voudrais vous voir danser tous comme des fous… »

Ça vole haut ! Il devrait prêter leur parolier à Daniel Guichard, avec son rythme naturel et son visage respirant la joie de vivre, ça ferait un malheur ! Mais comment ont-ils fait pour retrouver ces chansons ? Elles datent de quand j'avais dix ans !

La voix de Bab fait subitement irruption dans mes pensées hautement intellectuelles (eh oui, sur une plage, on en arrive tous à penser comme des bulots. Ça doit venir de l'air iodé).

— Regarde Caca ! Regarde ! Il y a Belmondo là-bas !

— Quoi ? Où ça ?

Devant le bar se tient un homme d'une soixantaine d'années, chemise ouverte, bronzé, le torse recouvert de poils blancs.

Sous ses aisselles deux touffes plus importantes. Une vraie caricature.

— T'as vu, ça bouge sous ses bras !

— Quoi ? Il a des touffes qui bougent ?

— Oui, regarde !

— Tu as raison, c'est vraiment le sosie de Bebel : le seul homme au monde à avoir des aisselles vivantes.

— Tu crois qu'il les passe à sa femme de temps en temps ?

— Quoi ? Ses aisselles ?

— Ben non ! Pépette et Choupinette.

— Je pense qu'il doit se décharger de temps à autre… Tu crois que le bichon est aussi efficace que l'extrait de pénis de phoque ?

— Sur l'homme je sais pas si c'est très aphrodisiaque. Mais chez la femme, je suis sûre que non.

Simon et les Modanais entament un *Étoile des neiges* endiablé. Virevoltant autour d'un trio de bonites elles-mêmes déchaînées par ce shoot de progestérone, nos trois coqs jouent de toutes leurs plumes. Foot Blanc, habillé en jaune pour l'occasion, déborde d'imagination, tente de nouvelles figures et, tout émoustillé par la perspective d'une probable gâterie salvatrice, ne contrôle plus ses pulsions. Il entame une roue du paon digne des plus grands manèges de séduction de gallinacés. Bon, OK, chez lui ça ressemble plutôt au frétillement d'un coquelet dont la crête rougeaude oscillerait au rythme du banjo. Mais ils semblent tous adorer cela. À six, ils ont l'air d'une vraie basse-cour échappée au milieu de la SàM.

— Qu'est-ce que tu préfères manger demain, ma Babeth ? Du coq au vin ou de la poule au pot ?

— Je crois que je préfère le poulet. Au moins celui-là, demain, il sera vidé.

— Oui, parce que les poules risquent d'avoir une légère surcharge en fluor.

— Allez, laissons-les à leurs petits jeux. Je crois que nous allons pouvoir passer le reste des vacances tranquilles.

— Pas sûr avec ce genre d'animal.

— Elles ont l'air suffisamment douées pour les occuper quelques jours tout de même.

— La bonite devient vite collante et le coq n'aime pas cela.

— Méfiance, alors…

— Allez ! Au dodo.

Onze heures du matin à la marina. Nous rejoignons le bateau prévu pour l'excursion pêche au gros. Première surprise, nous sommes huit à mettre le pied sur un gros… catamaran ! Seconde surprise : on nous distribue des gilets de sauvetage que nous sommes obligées de porter. Moi qui pensais profiter d'une journée de bateau-bronzette, c'est raté et les marques vont être terribles. Troisième surprise : le reste du groupe est constitué des tri-foot et de leurs trifounes. À priori, il y a eu conclusion la nuit dernière pour nos séducteurs.

— Caca, la prochaine fois, rappelle-moi de m'occuper du choix des excursions. Parce que là, c'est vraiment le gros lot.

— Je crois qu'après le choix des billets d'avion « package » que tu as fait, j'ai le droit à une petite erreur. Alors camembert et enfile ton gilet.

Nous prenons place sur le bateau.

— C'est très désagréable ce filet sur lequel on s'assoit. Tu te prends le gilet sur le haut, le quadrillage sur les fesses. C'est un tue-l'amour de première, cette chaloupe !

— Côté amour, on a fait le tour de la question pour le reste du séjour. Alors à moins que le destin ne trouve nos adresses et ne s'occupe enfin de notre vie sentimentale, je crois que le quadrillage de nos popotins aura le temps de s'estomper.

Répartis sur les deux coques, les tri-foot et leurs conquêtes semblent terminer les ébats de la veille ou préparer ceux de la nuit prochaine.

— Regarde-les se bécoter !

— Tu ne crois pas qu'ils vont finir par les étouffer… Ils devraient les lâcher un peu de temps en temps, non ?

— … Elles ont l'air d'aimer ça.

Le bateau largue les amarres. Le vent, la vitesse et le soleil. Nous filons à l'horizon sur un océan bleu turquoise. Les pélicans volent bas jouant avec la crête des vagues. La mer, pourtant si calme en apparence, dévoile au fur et à mesure de notre avancée ses creux et ses courbes, son parfum…

— Oh, oh, Caca ! Sors de ta rêverie ! On est arrêté au milieu de l'eau ! On ne voit plus la terre… nulle part !

Le capitaine du bateau nous tend à chacun un petit amas de matériel. Intriguée, je déplie. Bien sûr ! Il fallait y penser ! Nous voilà équipées de palangrottes. Pour la pêche au gros, je ne suis pas certaine que ce soit efficace. Mais, bon.

— C'est sympa, cette pêche. Caca, t'as coupé ton poisson ?

— Mais c'est dégueulasse ! Pourquoi c'est moi qui dois mettre les doigts dans le poisson mort ? L'odeur va imprégner mes mains pour trois semaines !

— Parce qu'il faut bien que quelqu'un le fasse, alors enfile ce bout sur l'hameçon…

— Quel bout ?

— Là, celui-là…

— … Mais c'est la tête, ça !

— Oui, vas-y. Un bon coup sec. Passe par l'œil, c'est plus mou.

— Mais t'as qu'à le faire, toi ! Ça glisse, c'est gluant.

— Bon, balance tout dans l'eau, on verra bien.

Fils dans l'eau. Rien d'autre à faire que de discuter. Foot Blanc, à cheval sur le flotteur d'en face, m'interpelle.

— Alors Caca ! Ça mord ?

— Moins que toi, a priori !

— Tu m'étonnes ! C'est de la bonne, hein ! me lance-t-il avec un clin d'œil.

— Je dois dire que, là, t'as levé du lourd.

— T'es vachement cool, toi… Oh ! Olga, tu boudes ? Mais j'ai rien fait ! C'est une copine !

Dans un mouvement d'humeur tout féminin, la belle Olga traverse le filet central et rejoint maladroitement ses deux amies. Elle appartient sans nul doute à cette catégorie de femmes maladivement jalouses, qui ont besoin de contrôler tous les faits et gestes de leur compagnon. Pas de chance pour Foot Blanc et bien surprenant pour un amour-de-plage de quelques heures ! Mais après tout, c'est leur problème.

Ces idylles de vacances sont drôles à observer. Elles condensent en quelques jours tous les ingrédients d'une histoire d'amour ; en tout cas, elles en laissent entrevoir tous les travers. En quelques secondes les gens se croisent, se séduisent en quelques minutes, puis passent aux « choses sérieuses » quelques heures plus tard. Dès le lendemain surgissent déjà les petites jalousies, les premières tensions et les malentendus. Et tout s'achève le jour du départ, sans bruit et aussi rapidement que cela avait commencé, tandis que chacun repart de son côté en s'imaginant avoir vécu quelque chose d'intense, une vraie histoire de sentiments. Je ne blâme personne. Je crois plutôt que c'est moi qui ai tout faux. Pourquoi ne pas faire comme eux, se laisser tout simplement guider par ses pulsions et vivre la vie comme un éphémère, avec la même légèreté, prétendre à chaque croisée des chemins avoir trouvé le Grand Amour et se satisfaire d'un simulacre que l'on construit comme une illusion.

J'observe ces personnes à peine plus jeunes que moi et les envie d'arriver à vivre leur vie au présent, sans jamais se soucier de construire. Foot Blanc me regarde avec une insistance qui m'arrache à ma mélancolie. Je tente d'en savoir un peu plus sur lui et ses potes.

— Vous êtes de Paris ?

— Non, on vient de Clermont.

— Et vous faites quoi dans la vie à Clermont-Ferrand ?

— Moi, je suis commercial. Alain est commercial et Bertrand est... commercial aussi.

— Vous travaillez tous les trois ensemble ?

— Non. Alain est à la SEITA. Il distribue les cigarettes que t'achètes dans les boîtes de nuit. Et Bertrand est chez Bic. Tu sais, les petits briquets orange que t'as dans les bureaux de tabac. Comme ça, on a les clopes et les briquets gratos. C'est cool, hein ?

Babeth entre dans la conversation.

— Et t'as quoi de gratuit toi ?

— Oh... heu... On peut pas faire grand-chose avec mes échantillons.

— Pourquoi, tu travailles où ?

— Heu... Chez Pampers.

— Effectivement, c'est plus difficile à fumer, c'est sûr.

Babeth ne peut se retenir :

— Et les serviettes hygiéniques, vous faites pas ? Tu pourrais faire plaisir à tes copines. Pour la Saint-Valentin, un petit bouquet tampax-nanas mélangés. C'est original ! En plus, ils font de nouvelles couleurs d'emballage. Tu devrais tenter le coup. Avec un peu d'humour, ça peut passer.

— Mais c'est dégueulasse ! J'peux pas faire ça ! En plus, si elle a ses machins à la Saint-Valentin, j'ai vraiment pas de chance ! Moi je préfère regarder le match…

Après cinq dorades, trois merlus, une canette de Sprite et un sandwich iodé-sablé, nous voilà sur le chemin du retour. Tandis que je me concentre sur le paysage marin, mes camarades mousses-en-herbe traversent mon champ de vision.

— Dis-moi, il n'a pas un problème, Alain ?

Foot Blanc se tourne vers son pote :

— Ah ! ! ! ! ! Oui ! ! ! ! Alain ? Qu'est-ce qui t'arrive ?

— Ben rien. Qu'est-ce qu'il y a ?

— T'es sûr que ça va ? T'as la tête d'Elephant Man ! Je t'avais dit de pas mettre de la graisse à traire quand on va sur l'eau.

— C'était pour bronzer plus vite, comme on part demain.

Regard inquisiteur en direction de Babeth…

— Ben, c'est réussi, tu t'es chopé une allergie…

Elle n'a quand même pas osé passer à l'acte ? Elle me fait signe de la tête que non… Je ne sais pas si je dois la croire. Le doute subsiste.

Retour à terre. La journée nous a vannées et nous choisissons de passer la soirée au fond de nos lits. Nous disons au revoir à nos trois coqs dans le hall de l'hôtel. À la veille du départ, ils s'apprêtent à passer une nuit d'adieux torride avec Olga, Paula et Tascha.

AUTOPSIE DU COQ

SES FORCES : sa joie de vivre, son énergie, sa jeunesse.
SES FAIBLESSES : tente une approche sur tout ce qui bouge ; généralement trop direct.
SON ATTRAIT SEXUEL : le bermud-de-baignade à poche d'air intégrée et filoche interne.
IDÉE CADEAU : des échantillons gratuits en tous genres (surtout les minibouteilles d'alcool, de parfum ou de crème), ou dix séances d'UV.
SON ATOUT SÉDUCTION : son verbe.
SA MÉLODIE SECRÈTE : elle est bonne ! Elle est bonne ! Elle est bonne !
SON ANIMAL TOTEM : le coq. Doté d'une apparence attrayante, plumes chatoyantes et chant sonnant le ralliement des poules frémissantes, son assurance n'a d'égale que sa capacité à changer de cible si la poule ne pond pas assez vite. Mais il ne faut jamais oublier que pour se faire entendre et se mettre en valeur, le coq se positionne toujours sur un promontoire… en l'occurrence, pour cet animal… le tas de compost.
SON CHEMIN DE VIE TERRESTRE : elle est bonne ! Elle est bonne ! Elle est bonne ! (Enfin un homme en parfaite harmonie avec lui-même !)

Le Factotum

Dans notre quotidien, il existe une catégorie d'hommes dont nous parlons peu et dont pourtant nous avons toutes un exemplaire à portée de main, et généralement à portée de bureau : le Factotum ou homme-à-rendre-service-à-tout-prix-limite-pot-de-colle. Il s'agit le plus généralement d'un homme ayant un QI frisant la limite basse avec un regard lointain (OK, on dit benêt) et un look… à faire mourir de jalousie Jean-Paul Gautier.

Sur votre lieu de travail, il arpente les couloirs tel un rôdeur. On ne le remarque pas tout de suite, d'ailleurs. Il est tellement transparent qu'on le croirait assorti au papier peint. Toujours en faction, il bondit dès qu'il lui semble que vous pourriez avoir une demande à formuler, alors même que vous n'en êtes encore qu'à la phase de vague hésitation.

En début de carrière, ces personnages affichent un petit air de chien battu qui évoque l'appel au secours d'une ONG ou l'affiche d'un syndicat contre les pratiques esclavagistes du patronat. Mais, à bien y regarder, tout ceci n'est peut-être qu'une attitude parfaitement calculée, destinée à attirer l'attention des nouveaux arrivés et surtout arrivéEs… Il faut donc se méfier !

Ainsi, il y a trois ans, au moment de prendre mes nouvelles fonctions de chargée de communication pour cette « prestigieuse » (il faut bien faire semblant d'y croire de temps en temps !) marque de trousses de survie, je fus présentée à l'ensemble de l'équipe : des hommes, des femmes, des gros, des maigres, des vieux, des jeunes, des un-peu-beaux-potables et des moches. Tous des gens absolument adorables de prime abord. Le lendemain matin, alors que je découvrais mon poste, un homme fit irruption dans mon bureau. Il paraissait nerveux. Son allure détonnait avec celle des autres salariés qui semblaient tous se disputer le prix du meilleur look de l'année. Non, lui était plutôt du genre, comment dire… un peu comme le fils naturel de Mireille Matthieu et de Mr Bean, en d'autres termes, méga ringard. Imaginez un type cheveux blonds, coupe à la Benny Hill avec une mèche savamment gominée plaquée sur le haut de son front. Si en général ce type d'individus porte d'épaisses lunettes, notre homme était passé au stade supérieur de l'évolution : il maîtrisait la pause et les notions d'hygiène nécessaires au port de lentilles de contact.

Il entra donc. Sans un regard, sans un mot, sans même un murmure de bonjour, il se dirigea directement sur l'arrière de mon ordinateur et commença à tripoter frénétiquement les fils qui en sortaient. Le masque de belette apeurée vissé sur son visage était saisissant de pitié et l'absence de réponse orale à mon « bonjour » me laissa croire une seconde que ses membranes fibreuses auditives étaient amorties.

Intriguée et touchée au cœur par l'apparente fragilité et l'air terrorisé de l'individu, je tentai une approche amicale. Je posai délicatement une main sur son épaule, en faisant attention à mon geste pour qu'il ne soit pas rangé dans la catégorie « harcèlement sexuel ». Ça ferait mauvais genre pour un premier jour ! Je tentai donc un nouveau « Bonjour », l'œil limite humide et l'air définitivement compatissant. L'effet fut immédiat, surprenant, imprévisible, déroutant. Notre homme se redressa pour mieux fixer la vue plongeante qu'il avait sur mon soutien-gorge et afficha une mine réjouie. C'est vrai, je suis bien fournie de ce côté-là, mais quand même pas au point de subjuguer un myope à la limite du glaucome ! Visiblement pas si dépouillé de neurotransmetteurs que ça le bonhomme ! Il cache bien son jeu. En plus, il m'a fait super peur ! C'est tout moi, ça. Il faut que j'apprenne à maîtriser ce sentiment de charité, je me laisse avoir à chaque fois.

À l'issue de cette première rencontre plutôt insolite, je mis à profit la pause-déjeuner pour m'informer auprès de mes nouveaux collègues sur l'identité et la fonction de l'individu. La simple évocation de la scène sonna comme le coup d'envoi d'une salve unanime et dévastatrice contre le pauvre garçon. Chacun y allait de sa blague vaseuse, de son petit adjectif ironique, voire humiliant parfois. Étienne, chief responsible of the sale department, sourire aux lèvres, me passa une main amicale autour des épaules et prit un air faussement protecteur :

— Ah, Jean-Claude… Tout un poème ! Tu l'as enfin croisé ? C'est génial pour nous… et malheureux pour toi, mais c'est comme ça, ma vieille ! Il faut un début à tout, et même à ce genre de rencontre du troisième type. Tu verras, c'est enrichissant !

Aurélie, first officer of the switchboard, m'apprit qu'il sortait de la cuisse de Jupiter (non, ce n'est pas le prénom de sa mère !). C'était le fils du patron. M. Plough, ne sachant plus quoi faire de lui, l'avait pris en stage dans la boîte pour un CDD de six mois, renouvelable à vie, dans l'espoir secret de voir un jour son unique rejeton reprendre le flambeau. Aurélie finit son explication.

— Moi, j'ai toujours dit qu'il fallait se méfier de ce type. Sous son regard de teckel abruti, je suis sûre que se cache un gros dégueulasse hyper-pervers !

— Il serait plutôt apparenté à la famille des castors, ce mec, reprit Étienne.

— Castor ??? Est-ce qu'il y a un rapport ou un jeu de mots avec nos produits « nature et pêche » ?

— Non, pas de jeu de mots, juste la simple réalité des choses. Le castor fait partie de la seule espèce à queue plate, et à mon avis notre Jean-Claude… Souviens-toi, Aurélie, lorsque Papa l'avait placé en stage à la SNCF il y a deux ans, il harcelait tellement les jeunes femmes que ces messieurs ont inventé un nouveau genre de bite au cirage et lui ont fait essayer l'oblitérateur des billets T.G.V. grandes lignes.

— Arrête tes allusions vaseuses ou tu vas faire fuir Camille. Elle doit nous prendre pour des monstres. Non, blague à part, méfie-toi de ce gugusse, car il devient vite glu. Et si tu ne mets pas les choses au point dès le départ, il va devenir ton pire cauchemar !

Elle termina sa phrase avec une ponctuation du sourcil presque effrayante :

— Un conseil, remets-le à sa place bien vite.

Comment un seul être humain pouvait-il susciter à ce point les sarcasmes de ses congénères ? Pour ma part, je choisis le parti inverse et mon âme de secouriste prit le dessus : je défendrais bec et ongles ce pauvre type contre la horde de furies qui l'assaillait.

Très vite, au rythme des distributions de courriers, je me familiarisai à coup de grands bonjours et de larges sourires avec celui que tout le monde rejetait. Cela semblait lui faire plaisir et, je l'avoue, mon ego était assez satisfait de faire le bien en mettant un peu de baume au cœur de cet homme.

Petit à petit il semblait se décoincer et il osa enfin desceller les lèvres et répondre à mes bonjours. J'étais fière, j'avais gagné la confiance d'un SDF de l'encéphale droit et contribuais à sa réinsertion : désormais je pourrais voter socialiste sans honte en assumant ma réelle générosité envers les couches sociales défavorisées de la société.

Dans le cas de Jean-Claude, je devais pousser plus loin la solidarité. Je tentai donc de lui faire prendre conscience que son apparence, et plus particulièrement son style vestimentaire, était primordiale pour l'image qu'il offrait aux autres. Hélas ! rien n'y faisait et notre homme, s'il prenait confiance en lui chaque jour un peu plus, était totalement réfractaire à la moindre notion d'évolution textile. Il persistait ainsi à arborer un look tout droit issu des placards de l'Armée du Salut. Pantalon gris, dont on ne savait si la couleur relevait de l'usure, de la crasse ou si le tissu provenait tout simplement d'un fabricant sans scrupule tirant avantage du manque de goût absolu et des problèmes de vue de certaines personnes. Chaque jour on avait droit à une nouvelle chemise dont le tissu était en général tellement fin que l'on devinait, selon la saison, le marcel ou le poil dru et fourni dépassant légèrement du col. Par beau temps et malgré la chaleur, les manches restaient longues. On avait sans doute dû lui apprendre que c'était là la bonne tenue à adopter « dans le monde ». Par temps froid en revanche, la chemise était harmonieusement surmontée d'un débardeur col en V rayé, dans des tons assortis au pantalon. Vous me direz, c'est un style tout à fait british.... Mais façon Jean-Claude cela ressemblait plutôt à du Jerry Lewis. Sans oublier les accessoires choisis avec le plus grand soin : chaussures « façon cuir » (des mots qui font rêver !), semelle crêpe presque jaune, et grand mouchoir en tissu dépassant souvent de sa poche. D'ailleurs, à propos de mouchoir, je l'ai plusieurs fois surpris, les jours de rhume, à l'étaler pour le faire sécher sur le radiateur de la Cafet... Je ne sais pas pourquoi, mais, même par temps de grand gel, je n'approche jamais de ce radiateur !

Un vrai tombeur, mon pote, n'est-ce pas ? !

Une fois même, je tentai de prendre un café avec lui. Mais, à l'approche de la machine, le parfum vieille eau de Cologne dont il s'était aspergé me fit reculer. Après tout, on peut avoir grand cœur et garder un odorat sensible ! Non, résolument, à huit heures du matin, l'eau de toilette bon marché ne faisait pas copain-copain avec le café-croissant !

Tous avaient remarqué le changement d'attitude de Jean-Claude. Il commençait à parler davantage et à dévoiler les secrets de son métier. Conversations pas très passionnantes, voire carrément soporifiques, mais je faisais semblant de suivre, et de bon cœur !

— Le plus important dans la distribution du matin, c'est le TRI. Un bon tri rend plus efficace…

— Oui, oui, oui…

— … plus rapide…

— Hum…

P.I.S. : Qu'est-ce qu'il peut avoir un ton de général à la retraite celui-là lorsqu'il parle ! En plus c'est chiant à mourir ce qu'il raconte.

— Ce qu'il faut savoir, c'est qu'un tri bien maîtrisé laisse plus de temps à la distribution. Imaginez que Monsieur Étienne ne soit pas dans son bureau alors que je lui porte une lettre recommandée. Eh bien, si j'ai un bon tri, je peux l'attendre, sinon CATASTROPHE ! pas de signature et moi je reste avec ma lettre sur les bras ! Et là, moi, je sais plus quoi en faire de cette lettre… Vous imaginez ? Eh ! Mademoiselle Camille vous m'écoutez ?

— Euh ! oui… oui, la lettre dans les bras… heu… super emmerdant.

— Ben oui ! Bon, je vous laisse, il faut que j'aille m'occuper de la fuite des W-C.

Dans les mois qui suivirent, les problèmes apparurent avec le surcroît de travail occasionné par ma première campagne publicitaire. Disposant de moins de temps, je délaissais mon protégé qui me le fit d'abord remarquer sur un ton mielleux : « Vous travaillez trop Mademoiselle Camille ! Une femme, c'est pas fait pour ça. »

P.I.S. : Ah ! bon, et c'est fait pour quoi ?

Puis beaucoup plus sèchement et de manière autoritaire, me lançant presque le courrier à travers le bureau : « Il est bien temps qu'un homme vous remette dans le droit chemin. C'est pas un travail et des horaires pour une femme, ça. »

Remarque déplacée à caractère sexiste et à laquelle on souhaite répondre du tac au tac : « De quoi je me mêle, connard ? Retourne donc à ton courrier, tu verras si j'y suis. » Mais je me retins et lui lançai un simple regard surpris accompagné d'une réponse laconique :

— Je ne savais pas qu'il existait une place pour les femmes.

— Ben si, bien sûr que ça existe. Une femme doit s'occuper de son intérieur, de ses plantes, de sa cuisine et bien sûr elle doit savoir attendre !

— Attendre quoi ? ? ?

— Ben, son mari. Qu'il rentre après son boulot. Pour qu'elle serve le repas. C'est de la tradition et vous pouvez me croire, la tradition, ça a du bon !

— Ah… Vous croyez ?

— Je ne crois pas, je sais. Et vous, il vous faudrait un homme qui vous retienne à la maison. Oui, un bon gars. Parce que des petits oiseaux comme vous, ça court pas les rues, hein ?

P.I.S. : Quelle andouille ! J'ai même pas d'ailes ! En plus je suis sûre qu'il ne bouffe que du cassoulet à la graisse d'oie ! Et moi je sais pas cuisiner ce genre de truc qui te colle au gosier, puis au bide et s'incruste dans ton intestin juste pour emmerder tes voisins ! Pouah ! je ne veux même pas l'imaginer sous la couette, il doit valoir au moins un dix-huit sur vingt ce péquenaud !

Je fis preuve d'une parfaite maîtrise de moi-même et contrôlai mon agressivité grimpante en mettant un terme à la conversation pour cause de surcharge de travail.

Quelques semaines plus tard, au cours d'une pause-café avec les filles du bureau, la conversation dévia sur les trois mômes de l'une et les trois mecs de l'autre. De quoi faire un roman ! Alors que nous abordions le sujet critique de la drague et de la maladresse masculine légendaire en la matière, notre Jean-Claude passa par là. Il s'attardait dans la pièce en vidant des poubelles pourtant à moitié vides. Qu'importe, il astiquait. À ce propos, il doit avoir de ces cals aux mains, celui-là, il faudrait que je regarde de plus près.

— Bonjour, Jean-Claude !

Je mire les deux en face de moi et vlan ! je pose la question qui tue :

— Et vous, Jean-Claude, quelle est votre technique d'approche des femmes ? Vous devez certainement en avoir une très particulière, très personnelle ?

Martine, la chief accountant et Sylvie, la everybody's secretary, me trucidèrent du regard comme si je venais d'introduire un lombric dans la poire.

— Moi, je sais comment il faut s'y prendre avec les femmes. D'abord, il faut qu'elles me remarquent. C'est à elles de venir à moi car je suis un homme de qualité. Y'en a pas deux comme moi. Alors ça se mérite.

La préposée au clavier, rehaussée de ses loanas, le toisa sans ambages :

— Et ça marche comme technique ? Parce que, qu'il n'y en ait pas deux comme vous, on veut bien le croire. En revanche sur l'efficacité de votre méthode, je doute un peu.

— Et comment que ça marche ! Moi, quand je sors le vendredi au Studio B…

P.I.S. : Hyper important, tu ne sais pas où ça se trouve, mais éviter à tout prix cette adresse : faire un post-it rouge sur le frigo.

— … j'ai souvent des propositions. Parfois, elles se jettent carrément sur moi. Parce que faut voir les femmes ! Elles ne sont pas satisfaites à la maison et elles sentent bien que moi, j'ai du potentiel. Vous savez, selon l'horoscope chinois je suis serpent et c'est le meilleur signe pour… heu, vous voyez.

Et le voilà mimant un petit geste de bassin avant arrière pas piqué des hannetons.

Miss Actif-Passif trouverait très instructif de pouvoir observer cette petite « danse » et ces hordes en furie qui se jettent sur lui.

— Oh, là, attention ! Je n'ai pas dit que je leur disais oui, moi. Parce que moi, je suis un difficile. Non, je peux pas prendre la première venue. Il m'en faut une qui ait de la classe, une vraie dame je veux, moi.

Word 9.1, un rien moqueuse, amorça la mise à mort de l'agneau transgénique :

— Et vous comptez la trouver où cette perle rare ? Peut-être au bowling le vendredi soir ou le samedi midi à l'Hippopotamus ?

Regard vers Jean-Claude, presque une supplique pour qu'il s'en aille et évite les sarcasmes qu'elles s'apprêtent à lui faire tomber sur la tête. Mais il continue.

— Je l'ai déjà trouvée. C'est elle qui est venue vers moi. Juste, je sais pas quand je lui dirai oui. Parce qu'une femme, il faut savoir la faire attendre, la faire mijoter un peu, il ne faut pas lui donner ce qu'elle veut tout de suite. C'est tout un art de séduire.

— Et ça vous connaît, la séduction ! Dites, elle a un nom cette chanceuse ? s'enquit l'air de rien Tableur Excel.

— Quelqu'un du bureau. Vous ne le saurez que quand j'aurai fait ma demande.

Regard appuyé dans ma direction. Que dois-je comprendre ? J'ai peur. Le pack Office a déjà pigé l'allusion et réprime de plus en plus difficilement un fou rire. Comment sortir de ce pétrin ?

Dépitée, j'ai rejoint mon bureau. Tournant en rond, je ne pouvais m'empêcher de penser à voix haute.

Mais comment ai-je pu être aussi bête ! Il a pris ma sympathie pour une déclaration. Dans quelle merde me suis-je encore fourrée ? Il faut que je lui fasse comprendre. Mais comment ? Après tout, ce serait encore plus cruel de le laisser fantasmer plus longtemps. Fantasmer ! Quelle horreur, ce mec doit remplir des kleenex chaque soir en pensant à moi. Beurk ! Mais comment il peut se permettre ça, celui-là. Ça m'apprendra à jouer les belles au grand cœur. Non, définitivement, le rôle d'assistante sociale n'est pas pour moi. Comment ai-je pu être aussi stupide ? Connerie d'ego ! Ils m'avaient tous dit qu'il harcelait les femmes. Non ! Faites que je ne sois pas tombée sur un de ces tarés. Et si ça le rend fou ? Il va péter un câble ! Si ça se trouve, c'est un psychopathe en puissance. Et merde ! je vais me retrouver premier rôle dans un remake de *Scream*…

Nota bene : ajouter dans le contenu de la trousse de survie un kit anti-psychopathe, genre hache très très coupante pour lui régler son compte s'il tente une approche.

Zut, crotte, flûte ! J'espère que la porte de la maison est blindée…

Après-midi écourté pour cause de grave traumatisme. Nuit très agitée. Au moindre bruit, projection de l'ombre imaginaire de Jean-Claude sur le mur en face de mon lit, je sursaute. Impossible de fermer les yeux sans tomber dans les pires cauchemars. Y'en a même un où je le vois me suivre avec une corde dans la main et une espèce d'énorme sexe qui traîne derrière lui… un peu comme un grand dreadlock, ou un tentacule du poulpe géant de Jules.

Me voilà à nouveau sur le pied de guerre. On dit que la nuit porte conseil, celle-là m'a permis de bien dramatiser cette affaire. À n'en pas douter, une bonne discussion, claire, sans ambiguïté et sans détour réglera le problème définitivement et les choses reprendront leur cours. Parce que moi, je ne passe plus une nuit dans l'antre de cet Alien, même en rêves !

Dix heures, distribution du courrier.

— Jean-Claude, je peux vous parler une minute.

Il entra et ferma la porte derrière lui.

P.I.S. : Saperlipopette, je suis coincée ! ! Elle est hyper épaisse cette porte, personne ne va m'entendre si je dois crier. Mais qu'est-ce que c'est ? Il a... il a une espèce de truc qui traîne derrière lui... Ah ! ! ! ! ! ! T'es conne, c'est une rallonge électrique ! ! ! Ouf !

— Voilà, c'est à propos d'hier. Je ne voudrais pas qu'il y ait d'ambiguïté entre nous. Vous savez, je vous trouve très sympathique, mais ça ne va pas plus loin. Alors je ne voudrais pas que vous vous fassiez des idées. Vous comprenez ?

— Mais c'est très clair et je comprends très bien. Vous savez, je pige vite, moi. Il faut que je vous dise, vous ne devez pas traîner avec des filles comme Martine et Sylvie car elles sont mauvaises.

Attachant comme une lueur de lucidité à ses prunelles bleues, Jean-Claude réalisait subitement qui il était dans la hiérarchie de cette entreprise familiale. Je le compris dans la modulation de sa voix en fin de phrase.

— ... alors à l'avenir, arrêtez de les fréquenter.

— Vous ne voulez plus que je leur parle ? Mais je crois que vous n'avez pas bien compris mon message, Jean-Claude. Vous n'avez aucun droit de vous mêler de mes fréquentations...

P.I.S. : Fais gaffe, Caca, ne le froisse pas trop ; il a un câble dans les mains, imagine si le dreadlock suit !...

À ces mots, Jean-Claude s'énerva et haussa le ton brutalement. Ses sourcils remontèrent en lui donnant un faux air d'oncle Fletcher !

— Moi, je sais ce qui est bien. Et une femme doit écouter quand on lui parle. Maintenant j'en ai assez que vous répondiez. Alors taisez-vous !

Sa voix prit une inflexion dictatoriale. Jean-Claude

était hors de lui. Seule l'entrée d'Étienne, attiré par le bruit, l'obligea à se calmer.

La mine renfrognée et tout à sa mauvaise humeur, Jean-Claude sortit de mon bureau en maugréant. Étienne le rejoignit et lui parla. Accroché à son chariot de tri, la main d'Étienne posée sur son épaule, il semblait s'apaiser progressivement. Petite tape amicale entre hommes et le sourire réapparut sur le visage de Jean-Claude qui me lança une œillade calme par-dessus l'épaule d'Étienne. Ouf, triple ouf ! J'étais sauvée et au moins, désormais, les pendules étaient à l'heure.

Un nouveau manège s'établit rapidement. Chaque matin, je trouvais mon ordinateur en panne ou une ampoule à changer qui obligeait Jean-Claude à passer quelques minutes dans mon bureau. Un jour, alors que je me disputais au téléphone avec un ami, Jean-Claude ne trouva rien de mieux que de se saisir du combiné et de raccrocher. Je restai sans voix une seconde, l'observant reprendre ses activités. Je sentis la colère monter. Cette fois la soupape de ma cocotte allait péter le plafond en niquant au passage toutes ses ampoules ! ! ! ! !

— Ça suffit, maintenant ! Mais pour qui vous prenez-vous ? C'est pour ça que tout le monde est détestable avec vous. Parce que vous êtes incapable de faire la différence entre la politesse et autre chose. Alors je vais vous le dire une dernière fois : laissez-moi tranquille ! Vous êtes malade ! Non mais, vous vous êtes regardé ? Vous ressemblez à un… au… croisement d'un militant syndicaliste avec une grenouille de bénitier de Notre-Dame-de-Gravanchon, déguisé en préservatif usagé un jour de mardi gras ! Un qui tache même le lino et vient me faire chier jusque dans mon bureau. Dégagez de là ! et n'y remettez pas les pieds ou je porte plainte pour… attaque frontale de blaireau en rut !

P.I.S. : Quelle punaise, ce mec ! Ce n'est pas possible d'être aussi con ! Je n'y crois pas ! J'ai besoin de hurler. Je vais lui casser la gueule... L'écraser avec mon talon... Pour qui il se prend ? C'est vraiment un malade ! Je suis tombée sur un malade ! Appelez Police Secours ! Appelez le 17 ! Non, plutôt Mme Ratched ! Jack Nicholson ne s'en est pas tiré, alors lui, il ne passera pas la journée !

Pour changer d'ambiance, je décidai de déjeuner avec l'équipe du bureau au grand complet. Nous voilà donc dans la file d'attente du petit bistrot du coin en train de discuter fringues et mecs. Je me sentais presque soulagée de retrouver une ambiance « normale », et Jean-Claude était sur le point d'être relégué au rang de mauvais rêve. Nous prîmes place à table. Je me mis dans le fond, contre le mur, la chaise dont personne ne veut parce qu'une fois assis, on ne peut plus bouger.

Tout le monde s'installa. En bout de table, restait un siège de libre et je fis signe au serveur de débarrasser le couvert superflu, mais Étienne le retint en annonçant l'arrivée imminente d'un invité surprise.

La discussion se mit bientôt à tourner, au grand malheur d'Étienne, seul homme à table, autour de la description de l'homme idéal, chacune énumérant les qualités physiques, humaines et morales que l'heureux élu devrait cumuler. Toute notre brochette s'accorda sur le fait qu'il devrait être grand, beau et plutôt brun. Je vais d'ailleurs finir par croire que tous les blonds restent célibataires. Peut-être qu'il suffirait d'être moins exigeantes sur ce détail pour que nous soyons toutes mariées en moins de temps qu'il n'en faut pour le dire.

Au moment d'aborder les qualités morales, l'affaire se corsa. En fait, plus qu'une revue exhaustive de qualités recherchées et souhaitées, c'est plutôt une liste de « pas ci, pas ça » que les participantes exposèrent. On en était toutes au même point, car le vrai problème de la célibataire, ce sont toujours les blessures antérieures. Petites histoires, mais grandes et terribles conséquences. Toutes celles qui ont été déçues ou amochées ne se soucient que d'une chose : éviter de refaire la même erreur. On a donc en tête un portrait « négatif » de l'homme idéal. Au lieu de rechercher quelqu'un susceptible de nous combler, on ne fait que fuir ce qui pourrait nous rappeler Pierre, Paul ou ce goujat de Jacques. Ce n'est certainement pas la bonne méthode. Seules celles qui parviennent à dépasser ce stade peuvent un jour espérer trouver un compagnon digne de ce nom.

Sur ces considérations, notre invité mystère arriva. Ayant fait l'effort de mettre une veste et un nœud papillon, Jean-Claude semblait déguisé comme pour un premier rendez-vous. Et en effet, ce devait être la première fois que cette troupe le conviait à un déjeuner « de famille ». Mes yeux, dans lesquels la colère et l'exaspération devaient très clairement se lire, firent le tour de la table. Chacun fut passé au crible de mon scanner, et mes yeux, foudroyant ceux qui étaient désormais mes ennemis, ressemblaient à deux mitraillettes à qui il ne manquait qu'une gâchette pour qu'ils deviennent mortels.

Coincée dans mon coin, j'étais condamnée à subir le regard de mon psychopathe obsessionnel pendant tout le déjeuner. Perspective abominable. Je décidai d'annoncer d'emblée que je n'avais qu'une demi-heure pour manger et un rendez-vous juste derrière. Prise au piège, j'exerçai ma première vengeance… contre moi-même… en commandant le plus gros des hamburgers avec un supplément frites-ketchup-mayonnaise. Puisque j'étais coincée pour un bon moment, autant en profiter pour attraper une belle crise de foie qui saurait me retenir loin de ces mégères pendant quelques jours.

De toute évidence, le jeu imaginé par les convives consistait à tourner en ridicule Jean-Claude et les sentiments désormais connus de tous qu'il éprouvait pour moi. Le pauvre imbécile croyait dur comme fer que j'étais à l'origine de ce rendez-vous organisé comme une vraie « date » à l'américaine. Il s'était fait beau comme un camion pour enchanter l'élue de son cœur. Peut-être envisageait-il de faire sa demande, devant témoins, à la fin du repas ?

Pitié, j'allais vomir et la mayonnaise n'arrangeait pas les choses ! Je ne disais pas un mot, me contentant de réduire en bouillie un gros pain humidifié par du jus de viande. Ce resto était décidément infect !

Assis en bout de table, à la place d'honneur, Jean-Claude ne me quittait pas des yeux, c'était usant. Il me dévorait littéralement du regard et répondait à toute question par un mot me concernant. Mon front oscillait entre le mur qui, franchement, comparé à

Jean-Claude était une réussite esthétique merveilleuse et le fond de mon assiette qui ressemblait à un vrai champ de bataille.

J'engloutis toutes mes frites en quarante secondes chrono et l'imbécile du bout de la table se permit de me lancer un « c'est normal, elle est un peu nerveuse ». J't'en foutrais des nerveuses ! Et mon poing sur le pif tu crois que c'est la nervosité qui va te l'envoyer ? J'étais sur le point d'exploser. J'avisai les assiettes de mes voisins : bien sûr, tout le monde avait fini sauf Jean-Claude. Martine, se délectant de la situation autant que de la lecture de son dernier bilan, s'inquiéta de son manque d'appétit.

— En ce moment j'ai pas très faim. C'est l'amour qui fait ça !

Il prononça ces mots d'un ton triomphal, les appuyant d'un regard dans ma direction. Je n'avais peut-être pas le bras assez long pour les chignons des deux poules qui gloussaient en face de moi. Mais lui, je voulais bien faire un effort pour lui enfoncer ses lunettes de soleil de Serpico dans les globes oculaires !

Étienne observait et comptait les points. Sylvie ne put s'empêcher d'en remettre une couche.

— L'amour, ça fait toujours ça. Regardez Camille, elle a à peine touché à son hamburger. T'es amoureuse, toi aussi, Camille ?

J'étais furax et mes yeux se transformèrent en kalachnikov.

— Non, c'est juste que je tiens à ma ligne, moi ! J'ai un rendez-vous, alors je vous laisse maintenant.

J'entrepris de m'extirper du recoin où je m'étais fait piéger. Arrivée à la hauteur de Jean-Claude, je le toisai d'un regard qui n'exprimait que haine et dégoût. Je ne savais pas que les yeux pouvaient régurgiter !

Jean-Claude, mirettes éblouies, air complice, lèvre supérieure retroussée et voix doucereuse reprit :

— Moi aussi, je fais attention à mon physique. Je me suis inscrit dans une salle de gym, même si j'en avais pas vraiment besoin parce que je suis très bien bâti.

La main d'Étienne se posa délicatement sur mon avant-bras et serra fort pour m'empêcher de prolonger par un geste l'expression de mon regard. Cette pression me fit revenir sur terre.

Impossible de retourner au bureau après ça. Je me fis porter pâle pour la journée et me lançai dans une frénésie compulsive d'achats-fringues.

Par la suite, les choses se dégradèrent rapidement. Malgré les entretiens répétés de Jean-Claude avec Étienne, ce dernier m'ayant promis de lui faire entendre raison, rien n'y fit. Je décidai donc de me réfugier dans le bureau de mon protecteur, qui, galant et compréhensif, me permit d'installer une annexe sur sa table de réunion. Je respirai ! Là, au moins, Jean-Claude n'osait pas passer la porte. Étienne semblait être parvenu à le maintenir à distance… de son bureau. Mais dès le seuil franchi, la tête de Jean-Claude se matérialisait. Aller aux toilettes relevait du véritable jeu de stratégie. J'endossais l'habit de l'Elfe de la Nuit poursuivi par un Troll Chevaucheur de Chauve-souris. Le combat était sans merci.

À chaque nouvelle sortie, j'accumulais de nouveaux sorts et objets me permettant d'améliorer mon efficacité, j'apprenais à feinter le Seigneur des Cryptes

Mort-vivant. Ainsi, je parvins à me déplacer avec la discrétion des Chasseurs d'Ombre.

Je pensais Jean-Claude inoffensif. Grave erreur. Le pouvoir de nuisance d'un tel animal est terrible. Il semble avoir la faculté de se démultiplier et peut alors vous faire vivre un véritable enfer. Une fois, il appela même chez moi pour me souhaiter bonne nuit. Je commençais à avoir le sentiment d'être épiée en permanence.

Dans le même temps, la nouvelle proximité forcée entre Étienne et moi suscita chez lui quelques prétentions érotiques. Sous couvert d'une amitié protectrice, ses avances étaient de plus en plus précises. J'étais prise entre deux feux. Rester et subir Bali-Balo ou sortir et craindre l'Orque Charognard. Dilemme !

Un soir, en regagnant le parking, j'aperçus Jean-Claude faisant le pied de grue devant ma voiture. Prise de panique, je remontai les escaliers en courant et trébuchai pour m'affaler dans les bras d'Étienne. Présence miraculeuse ! Trop, c'était trop. J'étais à bout de nerfs et lui demandai de faire quelque chose, n'importe quoi. Le virer, lui casser la gueule, le suicider… MAIS FAIRE QUELQUE CHOSE !

Le lendemain, Jean-Claude vint me trouver et se lança dans un grand discours. Une déclaration d'amour comme disent certains :

— On est parti sur de mauvaises bases, mais je sais que lorsque ça commence comme ça, ça finit toujours bien. J'ai bien compris que cette façon de vous défendre, de ne pas vouloir regarder la vérité en face, c'est pour faire durer le plaisir, comme dit Étienne.

— Vous êtes malade ! ! ! Sortez tout de suite !

Surpris par le rouge vif de mon visage rayé à la Dark Mawl, Jean-Claude recula. Alarmé par le ton de ma voix, Étienne arriva en courant, le saisit par le bras, le poussa à l'extérieur et ferma la porte derrière lui.

Je m'effondrai dans mon fauteuil et, petit à petit, son monologue défila de nouveau dans ma tête. Je me sentis gagnée par un rire nerveux et incrédule. Que voulait-il dire par « comme dit Étienne » ?

Encore sous le choc, je n'entendis pas la porte s'entrouvrir… mais eus le sentiment que le monologue reprenait comme dans un cauchemar… mais non, je ne rêvais pas… Stupeur ! Paralysie ! Il était de nouveau là, devant moi, de plus en plus proche… proche au point de tenter une misérable manœuvre pour m'embrasser. Prise de panique, je laissai échapper un hurlement de terreur. Étienne, qui cherchait le prisonnier en cavale, intervint sur-le-champ. Son physique de bûcheron canadien fit reculer mon agresseur qui plia instantanément. Entre hommes, avec un double Nelson à la Hulk Hogaan, il reçut l'ordre de me foutre la paix.

L'invective eut un effet immédiat et durable. Jean-Claude reprit son air timoré et replongea dans son mutisme initial. Finis les tourments, mais finie aussi pour ce qui me concerne la distribution de courrier. Le plus souvent, je retrouvais dans la poubelle les missives qui m'étaient destinées, quand elles n'étaient pas tout simplement passées au broyeur. Une ampoule claquée : je devais la changer moi-même, juchée sur une chaise, car le chevalier éconduit avait la rancune tenace.

Quelques mois plus tard, Jean-Claude disparut tout bonnement du bureau, sans laisser la moindre trace.

Ce genre d'individu est à fuir absolument. À la différence de ses congénères, il semble certes ne pas avoir de problème de slip trop serré puisqu'il ne s'adonne pas, en public tout au moins, à la traditionnelle remise en place du paquet avec grattage des parties. Autre point positif : il ne regarde pas le foot. D'accord. Mais à choisir, je crois que je préfère un homme qui se gratte un peu et organise ses soirées foot et bière sur le canapé de mon salon. Cela doit constituer une preuve de normalité chez un homme.

Cette expérience m'aura au moins appris que pour satisfaire son côté saint-bernard, mieux vaut faire un chèque à la Croix-Rouge ou aller aider les volontaires des Restos du Cœur. Au-delà, tout excès de zèle vous fait courir le risque de finir étranglée au fond d'une cave par un pervers psychopathe. Ça sent la mauvaise série américaine et aucune d'entre nous ne voudrait vivre ça pour rien au monde… Sauf peut-être un modèle en passe de devenir comédienne qui s'imaginerait passer un casting en caméra cachée.

La vie de la société reprit son cours normal. Martine à ses Entrées-Sorties, Étienne en tournée clientèle, Aurélie accrochée à son oreillette, Sylvie à ses problèmes d'imprimante et moi à mes recherches d'idées novatrices de mise en valeur du produit.

Au détour d'une pause café, je surpris une discussion entre Aurélie et Sylvie :

— On a des nouvelles de Jean-Claude ?

— Non, aucune. Tu sais, son père l'a viré manu militari.

— C'est quand même dégueulasse pour ce pauvre mec.

— Oui et c'est surtout Étienne qui aurait dû le défendre. C'est quand même lui qui avait monté tout ça pour impressionner la petite nouvelle.

— Quel con ! Son petit jeu l'a dépassé.

— En plus il n'a même pas réussi à la sauter !

AUTOPSIE DU FACTOTUM

SES FORCES : la persévérance et l'intuition.
SES FAIBLESSES : la sensibilité à fleur de peau.
SON ATTRAIT SEXUEL : l'ensorcellement érotique.
IDÉE CADEAU : un canevas pour maman.
SON ATOUT SÉDUCTION : sa force de conviction.
SA MÉLODIE SECRÈTE : la réussite, rien que la réussite.
SON ANIMAL TOTEM : on passe au rayon pâtisserie pour cette douceur exceptionnelle : le far breton aux pruneaux, et surtout avec beaucoup de noyaux.
SON CHEMIN DE VIE TERRESTRE : savoir… et surtout pour les autres.

Le Manipulateur

Mercredi matin. Comme chaque jour en sortant du métro, je m'attarde devant les magasins de sapes et autres vitrines qui jalonnent mon chemin jusqu'au bureau. Je remonte doucement les Champs, profitant des quelques instants à l'air libre qu'il me reste avant de plonger dans ma journée de travail. Un parfum détourne mon regard. Tiens, et si j'amenais des croissants pour tout le monde ? Bonne idée. Je me dirige vers la boulangerie, commande, paie et reprends ma route, quand une voix d'homme m'interpelle.

— Camille ?

Je me retourne, scrute les badauds. Un homme plante son regard dans le mien. J'hésite.

— Monsieur Samaël ? Quelle surprise !

— Pour moi aussi c'est une surprise ! Vous travaillez dans le quartier ?

— Oui, à quelques mètres d'ici. C'est étonnant de vous revoir comme ça, par hasard.

— Surprenant, en effet. Je n'ai pas beaucoup de temps maintenant, mais je serais heureux de vous revoir. Avez-vous un numéro… professionnel peut-être ?

— Oui, bien sûr. Tenez, je vous laisse ma carte.
— Alors je vous dis à bientôt.

Je le regarde s'éloigner. Cette rencontre ravive des souvenirs depuis longtemps oubliés. Dix-sept ans, terminale littéraire au lycée Henri-IV à Paris. M. Samaël était prof de philo. À peine une trentaine d'années à l'époque, ce devait être l'un de ses premiers postes. Son enseignement était empreint de passion pour les sujets qu'il traitait, et son physique, avantageux, transformait son auditoire féminin en une espèce de masse hébétée. Un mètre quatre-vingt-dix, cheveux d'un noir d'ébène, épaules larges, il ressemblait aux acteurs américains des années 60. Son regard profond et enjoué, coquin même parfois, donnait un sentiment de complicité à son interlocuteur. Son visage portait sérieux et douceur, étrange mélange qui soulignait ses traits.

Pour ma part, j'étais uniquement fascinée par son intelligence, sa culture et la passion qui illuminait son regard lorsqu'il parlait. À l'époque, il était un peu comme mon mentor et je rêvais d'être un jour capable de soutenir une discussion avec lui sur ses sujets de prédilection. Galvanisée par l'enthousiasme, j'avais vite pris le haut du classement et passais mes nuits à dévorer des traités de philosophie. Il lui suffisait de citer un nom en cours pour que je devienne une spécialiste du sujet en quelques semaines. C'est ainsi que ma tête s'était vite trouvée engorgée par les œuvres de Platon, Kant ou Nietzsche. Classiques j'en conviens, mais il faut bien commencer par un bout ! Sa référence à l'époque était une jeune philosophe du nom de Julia Kristeva. Bon, j'étais un peu jalouse, mais je me rassurais en me disant que si cette femme ne mettait pas sa photo au dos de ses livres, c'était très bon signe ! En bref et pour dire la vraie vérité, je crois que j'étais raide dingue de ce mec ! Mais en secret…

Un peu plus tard dans la journée, après l'habituel sandwich-shopping de la pause-déjeuner, je me replonge dans la rédaction de la nouvelle plaquette de présentation des produits lorsque le téléphone sonne.

— Allô, Camille ?

Une voix de basse profonde résonne à l'autre bout du combiné.

— C'est Arnaud Samaël…

Le « bientôt » de ce matin s'est transformé en quelques heures ! Je me redresse dans mon fauteuil.

— … je me demandais si vous aviez un peu de temps pour prendre un café, maintenant ?

J'accepte sans hésiter. Le rendez-vous est fixé quinze minutes plus tard chez Ladurée, de l'autre côté des Champs. Je fais un tour rapide aux lavabos pour une légère retouche de maquillage. La confrontation plus de quinze ans après risque d'être intéressante. Je suis curieuse de voir s'il m'inspire toujours autant d'admiration ou si le temps et la maturité auront eu raison de cette passion d'adolescence.

Je m'installe face à lui.

— Vous êtes vraiment devenue une très belle femme.

Un peu perturbée par cette entrée en matière pour

le moins directe, je marque un temps d'arrêt avant de le remercier pour son compliment.

— Vous prenez quelque chose ?

— Un thé au jasmin et un assortiment de petits macarons chocolat et pistache... Toujours professeur ?

— Non, j'ai publié plusieurs ouvrages et, en plus des conférences que je donne de par le monde, je conseille certaines entreprises sur des sujets d'éthique. Mais parlez-moi de vous ? Qu'avez-vous fait après votre terminale ?

— Je suis entrée en fac de philo, mais j'ai très vite bifurqué vers la communication et le marketing. J'ai d'abord travaillé pour un gros groupe bancaire et aujourd'hui je bosse pour une P.M.E. dont les bureaux sont juste en face.

— Quel dommage ! Vous étiez pourtant si douée. Je ne peux pas vous imaginer dans un bureau toute la journée !

— C'est un travail intéressant...

— Oui, mais sans grande envergure. Votre esprit a besoin de tellement plus. Vous pourriez vous réaliser pleinement dans d'autres domaines et exploiter votre potentiel de manière humainement beaucoup plus valorisante pour vous.

Le jugement est direct : selon lui j'ai un job de merde ! Remarque, il n'a pas fondamentalement tort. J'aurais peut-être dû continuer la philo... Que répondre à ça ? C'est vrai que mon travail n'est pas palpitant... c'est vrai... c'est vrai, il a raison... mais il pourrait me ménager un peu tout de même ! J'ai l'impression qu'il me jauge comme au lycée, derrière ses lunettes légèrement rabaissées sur son nez. Tiens, il n'en porte plus. Dommage, ça lui donnait un petit air sexy… Et l'expression qu'il adoptait allant de pair avec ce regard par en dessous, tête légèrement inclinée… J'ai l'impression d'y être encore !… Il est pas mal… Encore mieux qu'il y a quinze ans !

— Vous savez, on était toutes un peu sous le charme pendant vos cours, donc très accro à la philo, mais ça ne fait pas de nous des philosophes en puissance !

— Je me souviens bien de vous. Sans conteste vous vous distinguiez du lot… Vous ne devriez pas renoncer à vos ambitions.

— Dans la vie on ne fait pas toujours ce que l'on veut, il y a des obligations auxquelles on doit faire face…

— … mais elles ne doivent jamais vous faire oublier le chemin d'existence que vous vous êtes choisi.

Vous l'aurez compris, la discussion ce jour-là ne porta que sur moi. Une heure durant, M. Samaël me démontra par A plus B (parce que les profs de philo sont un peu tous des mathématiciens ratés qui trouvent plein de mots et savent parfaitement les additionner pour arriver à leurs fins), que je n'aurais jamais dû arrêter la philo.

Moi, je veux bien, mais, si la matière a quelque chose du jeu intellectuel et donne l'impression d'être très intelligent, elle garde le très gros inconvénient de ne pas nourrir son monde. Alors, la philo, c'est quand tu veux, mais la Rando ça remplit mieux le frigo !

Son discours était cependant bien rodé et mes arguments, loin de faire mouche, furent bien vite démontés un à un comme une marque de mon étroitesse d'esprit. Grosso modo, après une heure de tête à tête, je me sentais bien penaude avec ma route toute tracée face à ses grands idéaux et à la passion qui transpirait dans ses mots.

La passion… Voilà peut-être tout ce qui manque à ma vie… et je ne parle pas uniquement d'amour.

— Je suis passé dans une librairie tout à l'heure, je me permets de vous laisser un livre, vous me le rendrez plus tard. Ça me donnera une excuse pour vous revoir…

Enchantée par ce prétexte, je me saisis de l'ouvrage et lui dis au revoir. Je me lève et lui tends la main. M. Samaël la saisit et, tout en la gardant serrée entre ses deux paumes, me dit :

— Nous ne sommes plus à l'école, appelez-moi Arnaud.

Touché…

Les échanges téléphoniques avec mon ex-nouveau-re-mentor s'étant multipliés durant les jours suivants, nous prévoyons de déjeuner ensemble aujourd'hui.

Une semaine pour retomber dans les bouquins de philo, c'est court. Mais, je ne sais pourquoi (sans doute le bleu de ses yeux), j'ai retrouvé l'appétit pour ces écrits nébuleux. Le livre qu'il m'a prêté semble avoir été écrit pour moi : *Le Destin du Moi*. Je dois avouer que, dans un premier temps, j'ai eu l'impression de lire l'intégrale des chansons de Mylène Farmer. Mais réflexion faite, l'ouvrage était moins digeste, moins imagé et quand même, de voir Mylène en porte-jarretelles, ça repose !

Nous nous retrouvons pour un brunch dans une american book shop sur les quais de Seine face à

Notre-Dame. Le lieu est original : étagères jusqu'au plafond sur lesquelles s'amassent des livres mal rangés, un sol pavé recouvert d'un patchwork de vieux tapis et, au fond du restaurant, une petite salle aménagée avec de gros canapés Chesterfield en cuir marron et des tables basses en bois, style indien. Tout est fait de bric et de broc. Les objets semblent avoir été amassés au cours de toute une vie de rencontres, de voyages ou de rêves. Une ambiance plus qu'une déco : tout ce que j'aime. Une vieille Américaine, sourire aux lèvres, nous sert du café fumant dans de grandes tasses et pose devant nous deux assiettes d'œufs brouillés au bacon. Puis elle me promet de me tirer les cartes à l'issue du déjeuner.

— Vous avez vraiment un charme particulier, c'est très rare qu'elle parle spontanément de ses dons de voyance.

— Vous croyez à ce genre de choses, vous ?

— Je crois à beaucoup de choses… Pourquoi êtes-vous venue en jupe ?

P.I.S. : Zut ! Mais qu'est-ce qu'il va croire ? Que dois-je répondre ? C'est vraiment une douche écossaise ce mec : une phrase gentille-normale et la suivante qui perturbe au plus haut point. Il va me rendre dingue en moins de temps qu'il ne faut pour le dire ! Non, ne rougis pas, Caca. Reprends le dessus…

— … Je ne sais pas… Vous n'aimez pas ?

— J'adore, surtout vos bottes en cuir… Avouez que c'est quand même un peu surprenant de venir à un premier rendez-vous en jupe.

— … Je n'ai pas fait attention…

— Alors c'est encore pire, cela signifie que c'est votre inconscient qui parle. Mais ne prenez pas cette voix de petite fille, vous n'avez rien fait de mal.

P.I.S. : Il a sans doute raison... Je me suis habillée comme ça sur le souvenir de ce que j'éprouvais lorsque j'avais dix-sept ans. Il va falloir que je fasse attention parce qu'avec lui je commence à les aligner !

En fin de repas, la vieille dame s'installe face à moi et sort un jeu de tarots. Elle s'exprime dans un français parfait avec un léger accent qui rend sa voix douce et chantante, ponctuant ses phrases d'un très américain « OK ».

— Mélangez les cartes et coupez de la main gauche... OK, je suppose que vous voulez connaître votre avenir sentimental (regard complice et entendu : une femme parle à une autre femme). Donnez-moi quatre cartes en pensant à vous... Hum, ce qui apparaît en premier dans vos cartes, c'est la rencontre... non, plutôt le retour de quelqu'un de votre passé... un homme. OK, avec la carte de la Papesse, cet homme incarne la connaissance... ou porte avec lui la révélation de choses vous concernant et que vous ne pouvez voir pour l'instant. Il lèvera le voile sur des buts importants. Avec la carte du Pape en face... OK, il vous est à la fois envoyé par Dieu, se positionne en tant que protecteur. Vous formerez un couple avec lui. C'est une carte d'union qui peut être spirituelle, intellectuelle ou amoureuse. Ou les trois, pourquoi pas ! OK. Cette rencontre va vous permettre d'entamer un apprentissage qui vous est nécessaire. Cet homme a beaucoup à vous apprendre, il faut l'écouter, même si cela veut dire aussi que vous aurez sans doute, avec le Mat et l'arcane sans nom, à vous détacher de certaines idées reçues ou à rompre avec certaines personnes de votre entourage... OK, mais ne vous inquiétez pas, le chemin peut paraître hésitant, parfois obscur même, mais le Soleil et l'amour sont au bout.

Bon, j'admets, cela veut un peu tout dire et son contraire. Mais elle a pas mal vu quand même… sur le coup du mec qui revient… c'est pas mal… Il faudra que je donne l'adresse à Mag, elle qui adore les voyantes.

La consultation terminée, Arnaud se lève et se dirige vers le comptoir accompagné de la vieille dame. Il règle la note et semble lui glisser un billet, sans doute pour la remercier de son tour de cartes.

— Merci, vous avez été parfaite, comme à chaque fois.

Nous passons l'après-midi à flâner le long des quais de Seine. Le soleil répand ses rayons sur la ville et tout semble propice à un amour naissant. Instant de pur bonheur. Sa main se glisse dans la mienne et nous poursuivons cette délicieuse promenade au goût de légèreté.

Arrivés au bas de mon immeuble, nos mains se séparent et ses lèvres se posent comme une caresse sur ma joue. Paroxysme du romantisme : tout est en ordre de gourmandise. Je me retrouve la tête dans les oreillers, les yeux dans le vide et l'âme dans les nuages. Mes pensées sont restées siennes.

Après une nuit de doux rêves, une journée de boulot passée à siroter les images de ce dimanche et un repas avec Bab et Mag pour leur raconter ces étranges retrouvailles, je regagne mon cocoon-home.

Il est vingt-deux heures trente, je regarde pour la

cinquième fois *Nuit blanche à Seattle* une main dans la boîte de mouchoirs, l'autre dans le pop corn, quatre coussins super moelleux dans le dos et mon grand pyjama XXL… je suis bien…

Le téléphone sonne. Recherche de télécommande… mais où est-elle ? Ah ! viens là, toi ! Vite, je coupe le son.

— Bonsoir, je te dérange ? Il n'est pas trop tard ?

Les oreillers se transforment en sable mouvant… Je m'enlise. Sa voix me fait chavirer, il poursuit :

— Que fais-tu ?

— Heu… je lisais…

— Tu es dans quelle pièce ?

— Dans ma chambre…

— Sur ton lit ?

— Heu… oui…

— Et tu es habillée comment ?

— En pyjama.

— Je t'imagine dans ton petit pyjama… Il est de quelle couleur ?

— Bleu…

P.I.S. : Comment dois-je le prendre ? C'est pas un peu ambigu tout ça ? Il y a quinze ans j'avais déjà craqué, alors, s'il me pousse un peu, je risque de tomber bien vite… j'ai même peur que ce ne soit déjà bien engagé.

— … Pas trop déçu par le pyjama… tu aurais peut-être préféré autre chose ?

Silence.

— Je te laisse à ta lecture. Je voulais juste te dire bonne nuit.

Il raccroche.

Mais je fais quoi, moi, avec ce combiné dans la main ? Il s'est passé quelque chose ou j'ai rêvé ? Zut, crotte, flûte ! Mais qu'est-ce qui m'a pris de lui parler comme ça ! J'ai tout merdé ! Ce n'est pas possible d'être aussi stupide ! Comment ai-je pu croire ?... Comment je fais pour rattraper ça ?...

Je ne sais pas comment le prendre. Une minute, j'ai l'impression qu'il me fait des avances et la seconde suivante : pfffft, plus personne ! Je n'y comprends rien ! Que dois-je penser, moi ? Je n'ai pas rêvé, c'est quand même assez équivoque ce qu'il dit, non ? Un homme ne prend pas la main d'une femme comme il l'a fait l'autre jour s'il ne veut pas faire passer un message ! C'est bien qu'il voulait me faire comprendre que je ne lui étais pas indifférente. Et ce soir ? On n'appelle pas à vingt-deux heures trente pour demander la couleur de mon pyjama et raccrocher comme ça ! C'est quoi, ce plan ?... C'est moi qui n'ai peut-être pas le bon discours... Pourtant, c'était pas « trop » ce que j'ai dit...

Quarante-huit heures sans nouvelles. Je n'ai pas osé appeler, d'ailleurs je n'ai pas de numéro... Encore une fois j'ai tout gâché. Pourquoi ne suis-je jamais capable d'avoir le bon mot au bon moment ? Allez, ma petite Caca, fais-toi une raison et abandonne toute velléité amoureuse une bonne fois pour toutes, cela t'évitera beaucoup de nuits blanches à Opéra et tu feras des économies de mouchoirs. En plus, je te dis pas le moral d'huître depuis deux jours ! Allez, bosse un peu, ça te changera les idées ! Alors... la photo des pansements... celle de la super-promo pour les nouvelles couleurs des trousses...

La sonnerie du téléphone retentit, je décroche.

— Bonjour Camille, c'est Arnaud. Es-tu libre ce week-end ? Je pars en Normandie chez des amis.

— Oui.

— Parfait, je passe te prendre ce soir vers dix-neuf heures.

— Mais… je travaille demain…

— Tu les appelleras demain matin en disant que tu es malade. De toute façon un vendredi de plus ou de moins dans ce bureau ça ne va rien changer pour eux. Et toi, ça ne peut que te faire du bien. Alors, à tout à l'heure, dix-neuf heures en bas de chez toi.

Enfin, il s'est décidé… mais je vais devoir mentir ! Quelle horreur ! Et je suis complètement charrette en ce moment avec la nouvelle campagne de pub… je n'aurais pas dû accepter, je ne peux pas planter tout le monde comme ça !

19 h 00 : … il ne va pas tarder…

19 h 15 : … il doit y avoir de la circulation…

19 h 30 : … j'ai l'air con sur ce trottoir, je devrais peut-être remonter… Oui, mais, s'il arrive…

19 h 45 : … il a dû laisser un message sur le répondeur… il va peut-être croire que je ne suis pas là… Allez ! Remonte vite, Caca !

19 h 50 : … dans l'appartement : aucun message. Je reste au chaud cinq minutes, il klaxonnera lorsqu'il sera là… Remarque, il n'y a vraiment pas de place dans le quartier pour se garer, il va galérer…

20 h 00 : … retour au bas de l'immeuble… il a dû avoir un accident… Oh ! Quelle horreur ! Pas ça !

20 h 15 : … une voiture approche… C'est lui… Ouf ! Pas d'accident.

Je m'installe dans la Saab. Son visage est un peu renfrogné. La tension est palpable. Il entame :

— Quelle idée d'habiter dans un quartier pareil ! Il n'y a aucune place pour se garer, ça fait vingt minutes que je tourne ! J'ai mis une heure pour venir ! La prochaine fois, je ne viens pas jusqu'ici, je ne supporte pas les embouteillages !

Ça commence mal. J'ai dû le rater lorsque je suis remontée pour interroger le répondeur. T'as pas assuré, Caca ! Pourvu qu'il se détende… Il n'a vraiment pas l'air content… j'ai encore merdé… Un petit sourire, un regard de biche et ça devrait passer…

Il garde le silence une minute, puis reprend :

— Excuse-moi, je suis énervé, mais ça va passer. Tu verras, mes amis sont très sympas, ils ont hâte de te connaître.

Tiens, alors il leur a parlé de moi… en bien s'ils veulent me connaître. C'est cool, ça ! Cela veut dire qu'il ne pense pas que du mal de moi ! La, la, la… C'est une très bonne idée ce week-end improvisé. Je me sens pousser des ailes… J'ai oublié de dire à Bab que je partais. Tant pis, je lui raconterai au retour. C'est pour moi toute seule ce week-end… Na-na-nère… Rien pour les autres… C'est mon tour à moi cette fois !

Le voyage se passe bien et la tension de départ s'estompe rapidement pour laisser place à une grande tendresse.

Il parle beaucoup, questionne énormément, semble s'intéresser à ma vie, avec son lot de réussites et de moments plus sombres. Nous parlons de mon enfance, de mes parents, de mes frères et sœurs, de mes études, de mon boulot, de mes amis… C'est dingue comme ce mec est à l'écoute ! Il pose des milliers de questions et surtout, chose rarissime pour un homme, il écoute les réponses ! Il pousse même jusqu'à créer une conversation et un échange sur les sujets abordés. Il a été livré avec un supplément de neurones, celui-ci !

La voiture stoppe devant une jolie maison normande, toit de chaume et tout le tralala. Nous sommes accueillis par une femme : la quarantaine, cheveux tirés, maquillage léger. Elle porte un jean et un grand sweat-shirt qui dévoile l'une de ses épaules. Arnaud me présente Margot. Sa voix est douce et ses mouvements gracieux. J'aimerais bien lui ressembler… dans dix ans. Entrée dans le salon et présentations. Notre hôte s'appelle Philippe, il m'embrasse d'emblée et propose de nous montrer la chambre où nous passerons la nuit. Une pour nous deux !… Bah, de toute façon, c'est comme cela que ça aurait fini, alors on ne va pas jouer les saintes-nitouches.

De retour au salon, je joue à la jeune femme bien éduquée avec mes hôtes, un peu impressionnée toutefois d'être intégrée si rapidement dans le monde de celui qui, malgré le temps écoulé, reste bel et bien mon Pygmalion. Bizarre, j'ai l'impression qu'il est encore mon prof et moi son élève, avec tout ce que cela implique d'admiration, de tendance puérile à vouloir se montrer à la hauteur et surtout de complexe d'infériorité. Comment faire ? Parce que, me connaissant, ce complexe risque fort d'avoir de sacrées conséquences, et très rapidement, entre lui et moi. Il faut absolument que j'essaie de corriger les choses et que j'apprenne à me mettre en avant, histoire de rétablir un peu l'équilibre entre nous.

Nous dînons tous les quatre. La conversation s'oriente sur des sujets d'actu et autour de la politique. Je laisse un peu passer, pas trop passionnée par le destin du monde et de l'Assemblée nationale. J'écoute et dodeline de la tête lorsqu'un propos me paraît pertinent, comme on le fait tous dans les dîners où l'on n'a pas grand-chose à dire. Au moment du fromage, la discussion prend un tour plus personnel. C'est Arnaud lui-même qui lance le sujet.

— Nous parlions en venant de l'orientation professionnelle de Camille et nous pensions qu'elle avait fait le mauvais choix…

P.I.S. : Tiens, introduction du « nous » : Lui + Moi.

— Oui, c'est ce que tu disais. C'est certainement par facilité. Tu sais, il est toujours plus simple de choisir un poste ayant peu d'enjeux plutôt que d'essayer de se battre pour atteindre autre chose, répond Margot.

P.I.S. : ? ? ?

Philippe se lance à son tour dans la critique.

— Cela permet de se cacher derrière des choix non assumés. C'est typique des jeunes femmes qui ont été cassées dans l'enfance soit par un père, soit par une situation familiale difficile.

P.I.S. : ? ? ?

— Un peu comme… tu sais… ta copine… j'ai oublié son nom. Elle a fini par faire une tentative…

P.I.S. : ? ? ?

Arnaud me prend la main tout en regardant ses amis.

— C'est incroyable de voir le nombre de gens qui fuient la vie et leurs responsabilités. Mais nous allons rectifier le tir avec Camille !

P.I.S. : ? ? ?

— Tu as raison, il ne faut pas la laisser dans ses erreurs. Il faut l'aider.

P.I.S. : ? ? ?

C'est drôle, ils parlent de moi comme si je n'étais pas là. Comment intervenir ? De toute façon, j'ai l'impression qu'ils ne souhaitent pas vraiment m'entendre. Que veux-tu répondre à cela ? Sur le fond, ils ont raison, même si la forme laisse à désirer. Alors que dire, sans s'enfoncer un peu plus ? Ils poursuivent consciencieusement leur analyse de la banalité de mon existence.

— Tout démarre avec les fréquentations et l'entourage proche. De ce côté, Camille semble un peu chargée…

— Mais tu sais, elle est encore jeune et n'a que peu d'expérience. Lorsque l'on vit six ans avec son premier amour de fac, cela révèle toujours des faiblesses.

P.I.S. : Comment sait-elle ça ?

— Si elle a pu s'en défaire, c'est que tout n'est pas perdu ! Notre cobaye a une bonne réactivité, si je puis m'exprimer ainsi.

— Le plus urgent est certainement de changer ses fréquentations. En évoluant avec des gens d'un autre niveau intellectuel que ses copines ou ses collègues de bureau, on en fera quelque chose de bien de ma petite Camille.

P.I.S. : Tiens, c'est affectueux. Intéressant ce possessif.

— Oui et, de ce côté-là, on te fait confiance, Arnaud.

— Vous êtes entre de bonnes mains, Camille. Laissez-vous bercer et profitez de la richesse humaine de cet homme. Cela vous fera le plus grand bien.

Sentiment étrange d'avoir été jetée en pâture aux lions. Arnaud leur a-t-il lancé un signal subliminal, une sorte de « OK, vous pouvez vous lâcher » ? Je ne suis pas très rassurée. Je réglerai cela avec lui tout à l'heure. Il est toujours préférable de laver son linge sale à deux plutôt que devant tout le monde, mais je n'apprécie que très moyennement l'attitude de ces trois-là. C'est vrai, quoi ! À chacun son chemin, ils ne savent rien du mien, rien des raisons qui m'ont amenée ici, ni même du contenu du cœur de mes amis. Alors pourquoi se permettre des jugements aussi définitifs ? Leurs avis tombent comme des couperets, comme s'ils savaient tout mieux que tout le monde, et mieux que moi en l'occurrence, ce qui est bien ou mal dans ma vie et mes fréquentations. Qu'est-ce que ça veut dire les « on va changer tout ça » ?

Et pourtant, ces gens n'ont pas tout à fait tort. Je me sens envahie par un sentiment de tristesse. J'ai envie d'être ailleurs. Le souvenir d'anciennes blessures remonte à la surface. Si au moins j'avais la force de leur rentrer dans le lard et de les renvoyer dans leurs buts… Je tombe… Je glisse… Le fond du gouffre n'est pas très loin… Je n'ai plus de force de réactivité… J'ai envie que le repas soit terminé. Je me lève sans un mot et vais chercher le dessert.

Dès la dernière bouchée avalée, je m'éclipse à la cuisine sous prétexte de faire un peu de rangement. Ouf ! Un peu d'air. Tout ça est un peu trop intello pour moi. J'ai l'impression persistante d'être complètement stupide. Bizarre. Ils ont des points de vue arrêtés et parfaitement argumentés sur tout, et moi, cela me gêne. Un peu de légèreté me ferait du bien. Je zappe l'infusion au coin du feu et me retire dans la chambre. Un bon bain chaud me détendra.

Les yeux fermés, barbotant dans l'eau bouillante, j'oublie tout. Enfin, normalement on oublie tout… Je suis au bord des larmes et une image apparaît et envahit mon esprit : le visage de Gabriel. Je me sens triste. Trouverai-je un jour la réponse à toutes mes questions ? Cette quête a-t-elle un sens ? Arnaud est-il le bon ?… Au moins, lui, il est là, il sait ce qu'il veut, il décide et prend les choses en main. Je ne désirais que cela : que quelqu'un pense et choisisse pour moi. Oui, je ne veux plus me poser de questions, juste me laisser guider et oublier tous les échecs et les douleurs de ma vie. Il va me faire du bien, je le sais, je le sens. Et j'en ai grand besoin.

Tard dans la soirée, Arnaud m'a rejointe dans la chambre. No comment.

Finalement je manquais vraiment d'imagination à dix-sept ans ! Je crois qu'après une telle nuit, je vais devenir vraiment accro.

Nous nous voyons régulièrement depuis deux mois, et au-delà des sentiments qui me lient à cet homme, il me fascine ! Je suis littéralement tombée en admiration, plus qu'en amour, je crois. Il est pourtant souvent difficile de faire la différence entre ces deux sentiments. En ce qui me concerne, j'ai l'impression que ces deux émotions sont étroitement mêlées et tellement imbriquées l'une dans l'autre que cela en devient magnifique, si fort et si différent de tout ce que j'ai connu jusque-là. Tout chez lui me séduit : son écoute, son langage, sa compréhension de l'existence toujours si juste que tout paraît limpide et simple lorsqu'il en parle. Et les problèmes les plus inextricables, comme les questionnements quotidiens, sont vite relégués à la place de détails sans intérêts. Petit à petit, il me redonne goût à la vie et offre un nouveau sens à toutes ces choses qui remplissaient mon quotidien sans que jamais je les aie choisies consciemment.

L'autre jour, nous parlions de mon job. Selon lui, les relations que j'ai avec mes collègues sont superficielles et cette entreprise ne me porte pas l'intérêt que je mérite. Je crois qu'il a raison. Dans les jours qui ont suivi cette discussion, j'ai bien observé le comportement de mes camarades de bureau et tout est devenu clair. J'ai ouvert les yeux. Il a raison, c'est pas moi, tout ça ! Moi, j'ai besoin de liberté, de grandes choses. Je suis comme lui, pas comme tous ces gens. Et ces réunions qui n'en finissent plus sur ce produit que je ne peux plus voir en peinture ! Franchement : des kits de survie pour randonneurs ! Mais qui aimerait faire carrière dans ce domaine ? Il n'y a rien à communiquer là-dessus ! C'est nul comme produit, et c'est tout. Et toutes ces grandes théories de marketing, c'est n'importe quoi ! C'est brasser du vent et rien d'autre. Non, il me faut quelque chose de plus cérébral. Un truc passionnant dans lequel je me réalise enfin. Loin de ces andouilles qui parlent pour ne rien dire et perdent toute une matinée à tourner en rond pour déterminer la couleur d'une affiche que personne ne regardera !

Je ne me sens plus à ma place dans cet univers.

J'ai vraiment l'impression qu'Étienne, Martine et les autres se complaisent dans leur petit train-train… Je ne peux pas m'imaginer encore dans cette entreprise dans dix ans. Impossible ! Je ne veux pas de cette vie-là, moi ! Au secours ! Et dire qu'il a fallu que je retrouve cet homme pour le comprendre. Il est une véritable bénédiction ! C'est important d'avoir à côté de soi un œil extérieur capable d'analyser objectivement les choix que l'on fait. Cela permet de s'orienter dans le brouillard qui a tendance à vous embrumer l'esprit. C'est aussi pour cela que j'admire Arnaud… Il m'ouvre enfin les yeux sur tout ce qui m'entoure. Mais comme il le dit : « Le tout n'est pas de voir et d'admettre ses erreurs, il faut ensuite beaucoup de courage pour mettre en œuvre les choses et faire changer tout ça. » Et ce courage, il me l'insuffle.

C'est décidé, je change tout. Je vais virer ce job, travailler avec Arnaud, comme il me l'a proposé, et modifier aussi mon cercle d'amis, cela me fera le plus grand bien. Parce que Babeth et Mag, ras le bol ! Encore une fois, Arnaud m'a ouvert les yeux sur elles. Il lui a suffi d'un dîner avec chacune d'elles. Mag, franchement, il a raison, elle s'est casée et ne remplit son temps qu'avec des futilités. Et Babeth ! Il n'a pas tort de ne plus vouloir que je la voie. Elle est bien gentille, mais ce n'est pas un exemple de réussite. Seule à quarante balais avec son môme et le père qui s'est fait la belle. Allez ! Zou ! J'envoie tout valser et je repars de zéro.

— Allô, Babeth, c'est Mag.

— Comment vas-tu ?

— Moi ça va très bien. Je t'appelle au sujet de Camille. Tu as eu de ses nouvelles récemment ?

— Récemment, non. J'ai l'impression qu'elle s'est un peu éloignée de tout le monde.

— J'ai le même sentiment. Tu le connais ce mec, cet Arnaud ?

— Pas très bien. J'ai dîné une fois avec eux au début de leur relation, il y a quatre ou cinq mois. Il m'a mise en boîte trois fois, j'ai un peu abandonné. Il est très sûr de lui, un peu prétentieux sur les bords et il a surtout pris un ascendant terrible sur notre Caca. Et toi, tu lui as parlé ?

— Eh bien, c'est un peu pour ça que je t'appelle. Je crois qu'ils vivent ensemble maintenant et, lorsque j'ai appelé hier, je l'entendais hurler derrière elle. Elle ne voulait pas me parler, elle balbutiait des excuses à la noix et a raccroché rapidement. Mais ce qui m'ennuie le plus, c'est que l'autre semblait vraiment méchant… Je ne voudrais pas qu'elle soit dans une mauvaise posture.

— C'est un connard, ce mec ! Je lui ai dit à Caca de se débarrasser de lui. Mais elle ne veut rien entendre, elle est complètement sous son emprise. Dès que l'on dit un mot sur son Arnaud, elle prend la mouche. Tu sais qu'il lui a interdit de me voir ! Je les ai croisés l'autre jour en bas de chez elle et elle m'a fait de grands signes pour pas que je m'approche.

— Elle est partie en vrille. Comment peut-elle te faire ça ? Tu crois qu'il la menace ?

— Je ne vois pas d'autre explication. Il ne la menace peut-être pas physiquement, mais d'une façon ou d'une autre, il fait peser sur elle une telle pression qu'elle se sent obligée de respecter ses diktats. Il entretient chez elle une sorte d'anxiété psychologique permanente. Impossible de gérer ça pour notre petite Camille… Elle qui est persuadée d'avoir trouvé l'homme de sa vie !

— Elle boit ses paroles comme du petit-lait et ne voit plus que lui. Il l'a coupée de tout le monde. Elle s'est même mise en congé maladie pour deux mois. Imagine ! Caca en congé maladie ! Elle n'a jamais eu un rhume de sa vie ! Non, c'est un détraqué ce mec ! Il faut qu'on le fasse enfermer pour détournement de majeure ! Qu'est-ce qu'on peut faire ?

— À part aller casser la gueule à ce malade, je ne vois pas.

— Moi, je vais aller lui parler ! Il ne me fait pas peur.

— J'ai essayé, il est devenu violent. Fais gaffe, il a le revers facile.

— Non, il n'a pas osé ?

— Si, si.

— Mais dans quelle galère elle s'est mise notre Caca !

— Le problème c'est qu'à l'entendre elle vit la plus grande histoire d'amour de sa vie. Alors c'est un peu difficile de la faire redescendre sur terre. Il faut trouver un moyen de le faire fuir et qu'il la lâche. Il n'y a pas d'autre solution.

— … Il va la détruire.

— Malheureusement, je crois que c'est déjà bien entamé.

— C'est terrible, des gens comme ça.

— C'est un psychotique. Il se prend pour un Dieu et détruit les gens et tout ce qui se trouve autour de lui.

— Ce n'est pas un Dieu, ça, c'est plutôt un Diable !

— En tout cas, il faut que l'on se prépare parce qu'on risque de la ramasser dans un état lamentable. Et plus rapidement qu'on ne le pense…

— Je vais trouver un bon psy.

— Je crois que ce sera le minimum nécessaire.

Ce soir, dîner chez Margot et Philippe. Arnaud passe me chercher dans dix minutes. Vite ! Vite ! Vite ! Je me suis habillée comme il adore : chemisier un peu décolleté, jupe noire droite au genou, bas noirs et escarpins. Cette soirée va nous faire du bien car depuis quelque temps les affrontements se multiplient et je le sens tendu. Le pauvre, il travaille tellement. Il est sous pression non-stop. Et moi qui ne sais pas comment l'aider à se détendre ! Je n'y arrive plus et je comprends très bien que je suis un poids pour lui en ce moment. D'ailleurs, il l'a clairement dit l'autre jour. Il n'a vraiment pas de chance d'être tombé sur une imbécile comme moi. Mais je vais faire de mon mieux. Je vais rectifier le tir. Ce soir je lui sors le grand jeu, comme il aime !

Je monte dans la voiture et l'enlace d'un mouvement plein de tendresse et de soleil. Il me repousse et me dévisage des pieds à la tête… Qu'est-ce que j'ai fait ? Il plante son regard dans le mien et remonte le frein à main :

— On va chez mes amis… Pourquoi tu t'es habillée en pute ?

— … Mais…

— Tu as cinq minutes pour te changer, sinon j'y vais sans toi.

La dureté de son regard arrête net toute velléité de réponse de ma part. Au bord des larmes, sans chercher à comprendre, j'ouvre la portière et remonte me changer…

Quelques instants plus tard, me voilà à nouveau dans la voiture assise à ses côtés, un pantalon large et une grande chemise par-dessus. Il a l'air de se détendre de ne plus voir de formes… de ne plus voir mes formes.

— Tu es complètement inconsciente ! Tu ne te rends pas compte ?

Je m'enfonce dans mon fauteuil. Je ne veux pas que ce soit à moi qu'il parle. Je voudrais être invisible. Il enchaîne, sur un ton un peu plus doux :

— Tu es quand même une très belle femme, que cherches-tu ? Tu te rends bien compte qu'habillée comme ça, tu attires le regard des hommes. C'est peut-être ce que tu cherches ! De la provocation, c'est ça ?

— Je te demande pardon… Je ne me suis pas rendu compte… Je pensais te faire plaisir…

— Encore des excuses ! Et pourtant tu recommences toujours les mêmes erreurs ! Ça ne rentre pas dans ta cervelle ? Tu dois comprendre que j'aie cette réaction, tu ne me laisses pas le choix. On dirait que tu ne fais attention à rien. Pourquoi tu me pousses à bout comme ça ? J'en ai assez. Il faut que tu changes, que tu grandisses un peu… Allez, tu t'es excusée, alors ça va.

Je regarde par la fenêtre, je contiens difficilement mes larmes. Je voudrais rentrer sous terre…

Six mois et deux jours après ce matin de printemps sur les Champs-Élysées. L'hiver frappe à la porte.

— Allô Babeth, c'est Camille.

— Mais pourquoi tu parles à voix basse ?

— Je ne comprends plus rien.

— Que se passe-t-il, ma Caca ?

— Je viens de le croiser avec une autre femme. Il avait l'air tellement heureux… Je ne comprends plus rien, je fais pourtant tout ce qu'il me demande… et je n'y arrive pas…

— Qu'as-tu vu exactement ?

— Elle était belle et semblait tellement heureuse. C'était tout mon contraire, tu sais. Une fille très apprêtée, maquillée, un peu trop peut-être, mais elle rayonnait de bonheur. Ils sortaient du café en bas de la maison. Elle était pendue à son bras. Et ces regards… Pourquoi est-il venu avec elle juste en bas de chez nous ?

— Il l'a fait exprès. Il savait très bien que tu les surprendrais. Il veut peut-être que tu partes.

— Tu crois ? Je n'en peux plus… En plus, ce n'est pas la première fois… Je ne comprends pas ce que j'ai mal fait…

— Ne culpabilise pas. Tu as fait tout ce qu'il fallait. C'est lui qui n'est pas normal. Tu n'as rien à te reprocher.

— … Que dois-je faire ?

— Va-t'en, ma Caca. Va-t'en vite. Laisse tomber.

— Mais j'ai peur, Bab… Il est devenu violent… Et il a les clés de chez moi…

— J'arrive.

Six mois, sept jours et quelques heures… après ma rencontre avec Arnaud.

Je me réveille ce matin, son trousseau de clés est posé au centre de la table de cuisine… sans un mot.

Je regarde ces clés, les larmes coulent sur mes joues. Je m'assois sur la chaise, les bras ballants, sans pouvoir bouger.

Tout était fait pour me blesser, chaque geste, chaque mot, chaque regard. Après six mois de bons et loyaux services, cet homme n'a plus que haine ou indifférence à mon égard. Je découvre ce fonctionnement, cette facette de son être que j'avais si longtemps refusé de voir. Pourtant, ce n'est pas faute d'avoir été prévenue ! Aucune de mes amies, aucun des gens que je fréquentais n'a jamais apprécié cet individu. Tous m'ont mise en garde. Chacun à sa façon, soit en termes clairs, mettant en exergue certaines de ses réflexions dont je vois aujourd'hui la perversité, soit en s'éloignant, comprenant que je ne pouvais pas entendre ce qu'ils avaient à me dire.

Et dire que j'ai appelé ça de l'amour ! Si j'avais su… si seulement j'avais pu savoir. Je comprends mieux pourquoi je me suis tant battue, refusant de mettre un terme à cette relation. Pourquoi j'ai déployé tant d'énergie : parce que j'étais seule, seule à la construire, seule à me battre… et seule à la vivre, comme un conte de fées. Tout ça pour ça ! Je crois que les histoires d'amour peuvent se résumer dans leur façon de se terminer. Là, apparaissent les sentiments réels, les rancœurs accumulées, les échecs. De la plus petite blessure maladroite aux mots faits pour salir, tout refait surface alors et plus rien de cette sorte de transe amoureuse qui tend à tout idéaliser n'est préservé. L'amour est aveugle. C'est bien le problème. L'amour fait tout voir en rose. C'est un prisme magique au travers duquel on ne perçoit les choses que telles que l'on veut les recevoir. Fantastique mécanisme de l'esprit qui permet de générer seul à la fois l'objet d'amour et les preuves d'amour. L'énergie que l'on est capable de déployer pour se convaincre est hallucinante tout comme notre capacité à encaisser les coups et les déceptions. En fait, ce sentiment est certainement l'instrument de torture le plus élaboré qui soit puisqu'il permet à la victime de s'infliger elle-même les souffrances et de les augmenter progressivement jusqu'au paroxysme de la douleur, jusqu'au moment où elle frôle la destruction pure et simple de la personnalité.

AUTOPSIE DU MANIPULATEUR

SES FORCES : son appréhension instantanée des faiblesses de sa proie.
SES FAIBLESSES : son agressivité et sa violence.
SON ATTRAIT SEXUEL : inventif, créatif… sans tabous…
IDÉE CADEAU : peu importe, il n'est jamais satisfait et le fait savoir.
SON ATOUT SÉDUCTION : son don hypnotique, la fascination qu'il exerce sur sa victime.
SA MÉLODIE SECRÈTE : tu es à MOI.
SON ANIMAL TOTEM : le serpent. Mais la différence est que l'animal agit par nécessité alimentaire et n'a pas conscience de ses actes, alors que notre spécimen humain sait parfaitement ce qu'il fait et agit avec machiavélisme.
SON CHEMIN DE VIE TERRESTRE : posséder et… broyer la Vie.

L'Homo

Plusieurs mois ont été nécessaires pour que je refasse surface. Je ne comprends toujours pas comment j'ai pu tomber aussi bas et tout accepter d'un homme dont finalement je n'aimais que ce que je mettais en lui. Une fois de plus Marguerite et Babeth ont été extraordinaires et m'ont dégoté un psy avec qui j'apprends à refaire MON monde. Il me montre patiemment l'absence de sens de ma quête de l'autre et toutes les frustrations qui m'empêchent de regarder un homme objectivement sans placer en lui toutes ces attentes. J'ai donc décidé pour un temps de mettre de côté mes envies d'absolu et de perfection pour me consacrer à retrouver un équilibre personnel.

Dans le cadre de ma réadaptation à la vie normale, Babeth joue comme toujours un rôle prépondérant. Et même si les soirées mondaines restent pour moi une énigme aussi profonde que l'univers, une sorte de quatrième dimension dans laquelle l'humain trouve à exprimer ses pulsions sociables, je me force.

Babeth, ce soir-là, m'entraîne dans un dîner

« en-ville », pour l'anniversaire de sa cousine rentrée récemment des Amériques et en mal de réseau social. Cette fête est donc l'occasion d'élargir le cercle relationnel de la nouvelle venue. Un classique, tout comme le phénomène de l'incruste-de-la-super-copine, moi en l'occurrence. Pour introduire une amie on commence en général par poser la question à l'hôtesse qui, par sa réponse, en dit beaucoup plus long qu'elle le croit. Si elle acquiesce instantanément c'est que soit vous êtes vraiment sa meilleure-amie-du-monde-de-la-terre-entière, soit qu'elle a enregistré beaucoup de défections et a peur de manquer d'invités. Lorsqu'elle commence à vouloir se renseigner sur le travail, le rang dans la société, le nom voire le physique de l'intruse, attention ! Vous avez affaire à une sélectionneuse qui ne transige pas sur les critères requis pour être autorisé à franchir la porte de chez elle. Prenez garde, les références avancées pour obtenir le visa seront normalement vérifiées dès la porte d'entrée.

Ce soir-là, je me livre donc à l'incontournable séance de préparatifs. Pas très envie de me prendre la tête ce soir. Je ne sors pas pour rencontrer qui que ce soit, mais plutôt pour ne pas rester seule. Qu'est-ce que je mets ? Et comment je me coiffe ? Bof… Je crois que je n'ai vraiment pas envie d'y aller. En plus, il n'y a que des gens que je ne connais pas. Il va encore falloir que je me force à parler. Les nez à nez avec de nouveaux appendices sont toujours une galère. De toute façon, mon sixième sens me dit instantanément si l'individu croisé aura ou non un rôle à jouer dans mon univers, s'il présente un intérêt humain, s'il fera partie de mes « relations », comme on dit. De ce côté-là, il faut bien admettre que je suis sacrément handicapée et que j'ai une très nette tendance à ne garder autour de moi qu'un cercle d'amis très restreint : la crème !

Mon psy appelle cela de l'inadaptation sociale. M'en fous, veux pas être socialement adaptée si cela veut dire faire semblant de s'intéresser à la nouvelle gaine de ma voisine de droite ou au dernier truc prise de tête de mon voisin de gauche. Ces gens-là ne sont rien d'autre qu'un essaim d'aoûtats qui ne seront jamais là en cas de problème. Alors moi, je laisse tomber d'entrée. Bon, je fais un effort de temps en temps parce que c'est aussi dans ces circonstances que l'on peut rencontrer des êtres formidables qui changent la vie !

Pour en revenir à mes préparatifs, vous remarquerez que la question : « Et s'il y en avait un pour moi ? » a été supprimée de mon hémisphère gauche ! Bon, OK, j'avoue, elle m'a effleuré l'esprit. Mais ça compte pour du beurre, surtout après la débandade de ma dernière relation. Mon brushing est terminé et la séquence armoire approche ! Allez, j'innove : pantalon gris et chemisier rose pâle. Quelle folie ! Un rien d'extravagance, cela me va si bien, je ressemble à une véritable Anglaise !

Babeth et moi arrivons chez la fameuse cousine qui habite un appartement sympa au cœur du septième. Bon, c'est un petit peu au cinquième étage sans ascenseur, mais je ne vais pas renoncer si vite. Babeth, sentant ma réticence, me tire par la manche : « Allez, fais pas cette tête ! On y va ! Force et joie ! » Super !

Elle ne me sent pas très dynamique-envie-d'y-aller ? Bravo ! Elle a gagné !

Comme dans toutes ces réceptions, il y a là des tas de personnes plus ou moins intéressantes. Je commence à observer. Ce sont toujours les invités qui en disent le plus long sur l'hôte. Ce soir-là, bonne surprise : les convives sont hétéroclites et ça, c'est toujours bon signe. Lorsque dès la porte poussée, vous tombez sur une trentaine de personnes semblant sorties du même moule, un conseil : rebroussez chemin. Vous êtes chez des créatures grises, ennuyeuses à mourir et ayant un esprit plutôt étroit à tendance sectaire même. Attention, c'est contagieux !

Nous passons à table. Notre hôte a réussi le tour de force de faire un dîner « assis », comme l'on dit (oui, parce que dans certaines réunions on fait des dîners « debout », cela s'appelle un buffet ! Et tu te fais vraiment hièch pour décortiquer ta crevette !), un dîner assis donc, pour vingt personnes. L'ambiance est plutôt détendue, les plats sans prétentions. Ça tombe bien. Je me retrouve coincée sur une chaise qui menace de se plier à chacun de mes mouvements, pied de table savamment placé entre les jambes… Pas d'autre solution… j'écarte… Curieux, c'est toujours les filles qui héritent des places truffées ! Heureusement que j'ai mis un pantalon. Le plateau de table ne semble pas très stable lui non plus et je n'ose m'appuyer sous peine de voir s'envoler l'assiette du convive situé à l'autre extrémité. Je reste en place. Babeth est bien loin de moi, à une place de marque, au centre du plateau oscillant. Mon voisin de droite, sentant bien mon malaise, se présente :

— Bonsoir, je m'appelle Barnabé. J'ai vaguemcnt l'impression quc vous ne connaissez personne ici.

— Oui. Un peu comme vous ?

— C'est vrai. On évite les questions traditionnelles et on passe tout de suite à la partie sympa, ça vous va ?

— Oui, ça me va… Et c'est quoi la partie sympa ?

— Eh bien, si on commençait par la belle bleue en face de moi ?

— Allez ! Qu'est-ce qu'elle vous inspire ?

— Ah… Elle ne s'est pas loupée avec son tailleur d'été. On est bien au mois de février, ce n'est pas moi qui délire ?

— Non, non, c'est ça. Remarquez elle n'avait peut-être que ça à se mettre.

— Oh ! À en juger par la coiffure, je dirais que non. Le BCBG, chez certains, c'est comme la crasse sur les cols de chemise, même le K2R ne peut le faire partir.

— Plein d'humour, Barnabé ! C'est un drôle de prénom, ça.

— Oui, ma mère adorait Fernandel.

— Heureusement pour toi qu'elle n'était pas fan de Louis de Funès, t'aurais terminé en Oscar.

— Je ne sais pas si j'ai gagné au change.

— Et le beau brun, là, qu'est-ce que t'en penses ?

— … Pas mal…

Surprise… J'ai bien compris ou pas ? Regard plus précis sur mon interlocuteur. Pas de signes extérieurs distinctifs. Dans le doute, je reste polie et évasive. Barnabé continue son tour de table.

— Et la voisine de la maîtresse de maison : on se

croirait en plein remake de *Dynastie*. Tu sais la femme du vieux... La Kristel !

— ... Oui, et dans la série elle avait une super copine avec un chemisier rose et un pantalon gris...

Il me regarde... Pigé Mec ! On traite pas ma copine...

— Bon, ben je vais passer au suivant, alors...

— Et t'en penses quoi du suivant ?

— Vu sa ressemblance avec Richard Gere, les yeux en couilles d'hirondelles et le petit sourire en biais, je le sens bien gynécologue.

J'observe de plus près. Il a vraiment de l'imagination sur le coup de Richard, ou alors j'ai pas vu tous ses films. Moi, un gynécologue, je ne pourrais pas. Un homme qui passe sa journée le nez dans la frisée... ça m'inspire pas trop.

— Tu sais que tous les obstétriciens d'Hollywood sont en grève.

Intriguée, j'essaie de comprendre où il veut en venir. De quoi parle-t-il ? Recrudescence de la mycose des doigts ? Allergies généralisées au silicone ? Ne pouvant rester plus longtemps avec ce questionnement existentiel, j'interroge.

— C'est vrai ? Et pourquoi ?

— Parce que E.T. s'est mis à son compte.

— ... Il est gynécologue, E.T. ?

— Concurrence déloyale : non seulement il a un doigt deux fois plus grand qu'eux, mais il a aussi l'échographe pelvien intégré.

— En plus il éclaire du bout alors que les autres sont obligés de se taper la lampe de spéléo sur le front.

— Et il n'a pas besoin de fauteuil, donc double économie de matériel ! Cou télescopique !

— Je vais peut-être me refaire le film, parce que je n'avais pas vu tout ça…

— Allez, on se le fait demain ?

— Pourquoi pas.

— Puces le matin et E.T. l'après-midi. Ça te va ?

— OK.

Au fil des semaines et après mes aventures catastrophes affectives de l'année précédente, je trouve dans mon amitié avec Barnabé un calme reposant et une profondeur rare. Jusque-là, dans toutes mes relations avec les hommes, l'ambiguïté sexuelle faussait les rapports dès le départ. Avec lui, au contraire, même si nous nous disputons le même mec de temps en temps, je trouve enfin un esprit sincère, simple et spontané. Ayant survécu, lui aussi, à une forte déception amoureuse, les deux éclopés que nous sommes, bras dessus, bras dessous, retrouvons des habitudes et des activités de « couple » : petits restos, soirées sympas et sa grande passion, d'ailleurs il en a fait son métier puisqu'il est critique d'art pour un magazine spécialisé : musées et expos.

Depuis que Barnabé organise les visites, je dois avouer que je commence à prendre goût non seulement aux œuvres, mais aussi et surtout aux commentaires qu'il peut en faire.

Jusque-là, je n'appréciais que moyennement les guided-tours. On fait la queue pendant des heures pour voir des prétendus chefs-d'œuvre dont trois sur dix seulement valent la peine d'être admirés. En général, la visite va de pair avec la bousculade des touristes pressés qui ont l'ambition de se culturer en dix minutes chrono ou les groupes de Japonais qui débarquent par paquets, font cliqueter leurs appareils photo dans tous les sens puis disparaissent dans la salle suivante. Apprécient-ils vraiment quelque chose ?

Après *Le Déjeuner sur l'herbe* au musée d'Orsay, les expos Modigliani, Magritte ou encore Picasso-Matisse, Barnab, ce jour-là, m'a entraînée au musée du Louvre pour admirer quelques-uns des chefs-d'œuvre les plus connus, qu'en bonne Parisienne je n'avais jamais pris la peine de venir voir. Barnabé ayant un passe, nous entrons sans attente queutale… Génial !

Les salles défilent, les toiles et les sculptures aussi… Nous arrivons devant la Joconde… Barnabé se met à parler à voix basse pour ne déranger personne.

— Tu sais que c'est le tableau le plus célèbre du monde. Depuis 1793, il n'est sorti que trois fois du musée : volé en 1911, il a été retrouvé en Italie deux ans plus tard ; en 1963, il sort pour une expo aux États-Unis et en 1974 fait un tour au Japon. On ne sait pas qui a posé pour le peintre. Plusieurs hypothèses demeurent, on parle d'Isabelle d'Este, une maîtresse de Julien de Médicis, ou même d'un autoportrait…

Une véritable encyclopédie ce mec ! C'est le quart d'heure culture.

— … le modelé du visage est surprenant de réalisme, mais Vinci possédait surtout l'art de calquer à la perfection l'authenticité de la nature. Et pour ses portraits il s'attachait à peindre l'âme plutôt que le physique.

— Tu es incroyable, je ne l'avais jamais vue comme ça la Joconde. Elle me paraissait si… stupide…

— Oh, elle l'est peut-être, tout dépend effectivement de la façon dont on la regarde. Tu peux voir un éclat de vie dans ses yeux… mais aussi n'observer que son sourire, niais, qui peut trahir deux choses : un, le modèle se faisait chier à mourir et se foutait de la gueule du peintre, ou deux, elle se l'était tapé et elle souriait aux anges en imaginant les pires cochonneries…

— Tu crois qu'elle s'était tapé Leonardo ? Avec la tête qu'elle fait et son air de ta-bite-a-un-goût, il ne devait pas être un super coup !

— Mais si lui n'a voulu représenter qu'un visage universel et idéal, cela signifie qu'il n'avait pas de modèle… Il est donc seul dans son atelier et il imagine…

— C'est pire alors… C'est un pur produit de son fantasme… Il a dû se choper de ces cals aux mains !

— Elle est quand même assez masculine lorsque tu la regardes bien, tu ne trouves pas ?

— … Monna Lisa serait un homme ? Et elle-il aurait été l'amant du peintre ! Donc Leonardo était du bâtiment ! C'est pas un peu tiré par les cheveux, tout ça ? Elle-il a quand même de gros seins…

— Ou des pecs méga développés… Regarde ses mains…

— Tu as raison, il ne manque plus que des poils sur les phalanges et tu peux envisager qu'elles appartiennent à un mec…

— … ou à une femme à barbe !

— Dis, tu crois qu'elle a du poil sous les bras ? De toute façon, pour choisir un modèle aussi laid, il ne pouvait qu'être homo. Aucun hétéro n'aurait pu fantasmer sur un thon pareil.

— Tu n'es pas gentille, ce n'est pas un laideron.

— Non, c'est juste le sosie de Tootsie… lunettes en moins. Remarque, il paraît que les moches sont les plus chaudes.

— Pourquoi ?

— Parce qu'elles ont tellement de mal à en trouver un que lorsqu'elles le tiennent, elles font tout pour le garder.

— Je crois que je vais arrêter de visiter les musées avec toi car toutes les discussions virent toujours cul.

— Tu as raison, mais c'est toi qui as commencé ! Pour une fois que je peux aborder tous les sujets librement avec un homme sans être obligée de jouer la bien élevée ou faire semblant d'être choquée… je me lâche !

— Tu ne devrais pas parler comme ça, tu vas tous les faire fuir. Une fille est plus… comment dire… délicate, normalement. Enfin, je crois.

— Que nenni ! C'est ce que les hommes imaginent. Ça nous arrange bien de le leur faire croire. En réalité, toutes les filles parlent comme ça entre elles. Et même pire… nous sommes pires que les mecs !

— OK, Leonardo est homo, Monna Lisa est un trav' et les femmes sont pires que nous ! Sur ces bons mots, viens je t'emmène chez Angélina prendre un chocolat.

— Avec ou sans chantilly ?

Le milieu homosexuel est réputé pour son côté festif. Avec les raies-jouis on ne s'ennuie jamais ! C'est toujours plein d'humour, très coloré et exotique, sans complexe ni faux-semblant. Je suis d'accord, ça peut paraître un peu cliché, mais celui qui n'a pas plongé dans le milieu gay ne peut pas comprendre ce dont je parle. Ce n'est pas pour rien qu'à vingt ans, on se précipite toutes dans les boîtes homo. Le très net avantage pour une fille dans ce type de soirées, c'est de pouvoir se lâcher sans avoir peur de se prendre une main aux fesses ou de se faire aborder par un gentil monsieur, coupe de champagne à la main, qui sera ulcéré, limite insultant, si tu choisis de ne pas répondre à ses avances.

Ce soir, Barnabé m'emmène dans une soirée déguisée chez l'un de ses amis. Bien sûr, chez les hétéros le thème aurait été invariablement « cuir et dentelle ». Mais là, l'ambiance ludique invite à la détente : soirée dessins animés.

L'arrivée est un peu surprenante, Casimir nous ouvre la porte en nous lançant un « bonsoir » particulièrement euphorique. Nous pénétrons dans le salon au milieu d'une scène surréaliste : Chapi et Chapo se roulent des palots, Candy s'empiffre de jellow, les Power Rangers s'éclatent sur la piste avec Tom Sawyer et Albator. Étrange, je ne le voyais pas comme ça celui-là. Je l'imaginais plus triste, Totor. Bouba l'ourson arrive de la cuisine avec une boîte en bois sous le bras et me dit texto-franco sans entrée en matière :

— Tu veux que j' t'en roule un ?

P.I.S. : Un quoi ? Qu'est-ce qu'il me veut celui-là ? J' suis pas zoophile.

— Là, tout de suite, on ne se connaît pas encore très bien, mais peut-être un peu plus tard dans la soirée. Merci Bouba.

Goldorak bloque la file des toilettes. Pour cause

de déguisement trop volumineux, il est coincé dans le couloir. Avec un couteau à pain, Scoubidou tente de dégager ses épaules. Hyper envie de faire pipi. J'essaye malgré tout d'atteindre la salle de bains en rampant entre les jambes de Goldo. Je ne peux pas résister à l'idée de découvrir ce qui se cache sous la carcasse métallique… Ah… C'est une fille… Elle baisse la tête :

— Bonsoir.

— Salut… Amélie !

Je me dépêche. On ne sait jamais, si elle le prenait mal…

Oum le Dauphin squatte l'endroit et l'Inspecteur Gadget, agenouillé devant la porte, semble mater ce qui se passe à l'intérieur. Non… Il tente de débloquer la serrure. Mais tout est coincé ici ! Ils ont oublié de lubrifier les gonds ou quoi ? Je rebrousse chemin et croise Ulysse et Nono qui ont récupéré la boîte en bois et m'interpellent : « Tu veux croqu' ? »

P.I.S. : Parce que ça se mange les boîtes en bois ? ? ?

Barnabé dans son déguisement de Superman se dirige vers Speedy Gonzales. Incroyable, c'est la première fois que je connais tout le monde dans une soirée ! Une véritable édition spéciale de *Voici* ! Que des Vips ! J'observe, fascinée, une réunion de toutes mes princesses préférées : Blanche-Neige, avec sa barbe de trois jours, la Belle au Bois Dormant, qui a oublié de s'épiler les sourcils et Cendrillon, qui lance la mode du bouc façon d'Artagnan. Je retourne au salon : tiens, il est là aussi, lui ! Mais, qu'est-ce qu'E.T. fait sous le pagne de Tarzan ? Je croyais qu'il ne faisait que les filles ? Surprenant…

Barnabé me rejoint en compagnie de sa souris et,

devant mon air interrogateur, me désigne E.T. du bout du menton :

— T'inquiète, il se reconvertit. On lui a retiré sa licence.

— Ah… le pauvre, c'est un coup dur pour lui… Dis ? Je ne comprends pas bien les paroles de la chanson : c'est quoi « the beat goes on » ?

— T'occupe ! Danse ! Je vais voir Mickey.

Au beau milieu de la piste, Tinky Winky, Dipsy, Lala et Po se déchirent sur le rythme endiablé de la musique techno.

Tout à coup, la musique s'arrête. Noir scène.

On the stage : Pochaontas, hairy legs, dance with Baloo. So close… so close… The Little Prince with the Crochet Capitaine… so strange… so strange… Whaouu ! Kermit the Frog together with Merline Languechateur… But where is Piggy the trouiii ? She's not gonna be happy ! ! !

— Barnab ! There is a smell, isn't it ?

— Profite, je te donnerai la marque plus tard. Je peux te laisser un moment ? On se retrouve tout à l'heure. J'ai une touche avec Austin.

— Steeve ou Power ?

L'aube pointe. Il faut vraiment que je respire l'air du dehors. J'ouvre la porte : à ma gauche, sur la commode de l'entrée… la boîte en bois… Je ne peux pas lutter, la curiosité est trop forte… J'ouvre…

La boîte est vide. Au fond, une inscription. Je me penche : « Eh non, ma grosse, y'a plus de matos ! »

C'est louche tout de même. Ils se sont baladés toute la soirée avec une boîte vide… Ça doit être ça, les fétichistes.

Au-delà de ces moments de franche rigolade, l'intérêt d'avoir un pote qui n'est pas branché nanas, c'est de pouvoir soulever toutes les questions que l'on s'est toujours posées sur le sexe sans jamais oser demander.

Notre amitié bien installée, jusqu'à partager régulièrement le même lit pour faire le plein de tendresse, nous échangeons nos références culturelles personnelles sur des sujets divers et variés. Ainsi, un matin au petit déjeuner, une question m'effleure l'esprit. Les hommes font des gorges chaudes d'une pratique communément appelée « pipe ». Eh oui ! Quelle femme n'a pas entendu son beau-macho-viril-de-mec lui faire tout un discours pour lui assurer que seul un homme est capable de bien sucer ? Étrange… Mais je vous en prie, Messieurs, surtout ne vous sentez pas gênés pour nous… Lâchez-vous !

Toutefois, pour éclairer ma petite lanterne je me suis dit qu'il n'y avait que mon poto Barnab pour m'expliquer le grand mystère recelé dans cette phrase.

Me voilà donc un dimanche matin chez Barnabé. On vient de se réveiller… Petit-dej servi sur sa terrasse, enfoncés dans les grands coussins, presque allongés sur les lits d'extérieur qu'il a installés, la grande table basse en bois devant nous, abrités sous un parasol blanc. Et ce que je préfère : un rayon de soleil et son CD de chant des grillons… On s'y croirait…

— Barnab, je me demandais pourquoi les mecs

disent toujours qu'une pipe est mieux faite par un autre mec ? Qu'est-ce qui coince chez une nana ?

— Les dents…

— Est-ce à dire que nous faisons des copeaux ? Toutes les filles n'ont pas une dentition de cheval !

— Les mecs font très attention à ne pas mettre les dents… Après, sur la technique linguale, ils insistent bien sur les zones les plus sensibles…

— Tu commences à m'intéresser. Parlons technique : elles sont où ces zones ?

— Oh… un mec, c'est basique, tu sais. Les parties sensibles sont assez réduites. Alors commençons par le frein…

— À main ?

— Non, du bout ! Mais t'y connais rien ou quoi ? T'es sûre que tu as déjà observé un mec ?

— Mais, tu sais, un mec hétéro, c'est en général très très coincé sur ces choses-là et ça parle peu.

— Eh ! bien, de quoi se plaignent-ils alors ! S'ils ne vous expliquent rien comment veulent-ils que vous puissiez faire ça correctement ? Moi encore, j'ai déjà l'instrument en main depuis un certain nombre d'années… mais une fille…

— C'est vrai, quoi ! On ne peut pas deviner ! Enfin un homme qui comprend le calvaire des femmes ! T'aurais dû être hétéro ou au moins bi, tu aurais pu soutenir la cause des pauvres gazelles à qui les coincés d'hétéros ont pour seule obsession de carrer les vingt-cinq centimètres les plus ragoûtants de leur anatomie dans la bouche !

— Hum… d'après ce que je sais, vous aimez bien les petites gâteries aussi.

— Oui, mais nous, nous sommes plus discrètes et moins… comment dire… imposantes.

— Revenons à la technique : après avoir travaillé la levée du drapeau grâce à un savant et vigoureux va-et-vient, il faut effectuer le titillage du frein avec la langue : un peu d'insistance sur ce point est nécessaire. Là, notre affaire commence à être bien engagée. Il est temps de passer aux alentours. Rapide tour du propriétaire. Technique classique : on passe à la couille. Très important : le mec insiste sur la couille et passe assez rapidement en mode « gobage »…

— Toute la couille dans la bouche ! Tu gobes des couilles ! Toi ?

P.I.S. : Alors c'est pour ça que les gros balèzes des clubs de sport se gobent des œufs toute la journée. En fait, ce n'est pas pour les protéines, c'est pour s'entraîner…

— Oui, parfois même les deux… mais seulement si t'as la place ou si ton partenaire a de petites couilles.

— Et ça fait quoi de se faire bouffer les couilles ? Ça vous fait quelles sensations quand on vous aspire les cacahuètes ?

— Sensation de chaleur que tu peux facilement comparer à celle du…

— … C'est bon j'ai compris pour la chaleur… et après ?

— Les lèvres sont importantes. Elles donnent la touche de sensualité nécessaire, et si tu sais bien maîtriser les muscles labiaux, tu peux facilement reproduire la sensation de… goulot… plus ou moins étroit d'ailleurs… très important, le goulot… Le reste de la verge n'a pas d'intérêt particulier, mais il faut garder le rythme sur le va-et-vient…

— Tu branles, quoi !

— Oui. Ça, ça va ? Tu connais ? Une fois que tu

maîtrises ces deux techniques, tu peux alterner et t'amuser un peu. Selon ton partenaire, il appréciera plus ou moins une chose ou l'autre. Tu t'adaptes. Très important de ressentir, d'être à l'écoute des sensations qui sont toujours marquées soit par un son, soit par des mots, soit par des indices physiques.

— OK, OK, OK… Ben, c'est pas gagné.

— Après, t'as deux solutions : soit tu finis ce que tu es en train de faire, mais là, il y a une grosse différence entre les mecs et les filles : nous, avec notre conjoint, nous siphonnons jusqu'au bout et avalons tout sans marque de dégoût. Alors qu'une fille, c'est tout un cinéma et en général elle te finit à la main en prenant bien soin que rien ne l'atteigne. C'est pas top. Il faut que tu comprennes que la jouissance est plus forte lorsque tu peux rester sur ta lancée et que l'environnement ne change pas d'une seconde à l'autre. Soit tu la joues option pétale de rose…

— Et c'est où la rose chez vous ??? Jamais entendu parler… J'ai dû mal suivre mes cours de bio en cinquième !

— Travail de l'anus avec la langue… Mais là, on ne parle plus de pipe, on passe aux choses plus sérieuses… Encore envie de t'instruire ?

— Je finis d'abord mon croissant si ça ne te dérange pas…

P.I.S. : J'ai pas envie de vomir tout de suite.

— D'après ce que je sais, les hétéros pratiquent aussi, alors ne fais pas ta mijaurée !

— … J'adore ce CD…

Barnabé et moi, nous voyons une fois par semaine. J'ai l'impression que rien n'entame notre nouvelle amitié. Cette relation qui, au premier abord, peut paraître fondée sur le partage de moments futiles et superficiels gagne en profondeur à chaque nouvelle rencontre.

Je crois ne jamais avoir parlé de cette façon à aucun homme. Je me sens libre de lui dire tout de moi, de livrer à cœur ouvert mes plus grandes fragilités. Il accepte mes faiblesses, mes défauts et me prend telle que je suis avec mes manques et mes besoins. Je crois que l'absence d'ambiguïté sexuelle a beaucoup fait pour que s'établisse entre nous un rapport sincère, jamais conflictuel. En réalité, dans un rapport mâle-femelle, dès que le sexe s'en mêle, s'instaure un rapport de force : c'est à qui dominera l'autre. Un peu comme si l'amour était une bataille d'où il fallait sortir vainqueur. Mais pour vaincre, encore faut-il qu'il y ait un perdant et je comprends mieux ce jeu de pièges, d'accrochages et d'enjeux auquel ont pu se résumer toutes mes histoires, ceci explique sans doute qu'elles n'aient jamais duré.

L'homme pose toujours la problématique sexuelle dès le début d'une relation avant même d'envisager des notions comme la complicité, le partage, le don ou les sentiments. En effet, l'animus accoste l'anima, motivé soit par une attirance physique immédiate, soit par la perspective du potentiel sexuel qu'il décèle en elle. Les gestes de séduction qu'il déploie sont déterminés en conséquence. Ainsi, l'abordage du mâle se traduit par une phase spontanée de migration neuronale. Je m'explique. Dès le repérage de la femelle effectué, le centre de la pensée est dévié et réorienté vers le second cerveau de l'homme, situé dans la partie basse du tronc. Ceci constitue une explication scientifique au phénomène de la démangeaison testiculaire. L'homme se gratte pour stimuler la circulation sanguine autour de l'organe pensant et se soulage quand sa réflexion se fait trop intense.

Sur cette Terre, les femmes étant plus nombreuses que les hommes : je ne vous raconte pas l'ébullition-réflexionnaire-tronale-basse. L'homme est donc naturellement doué pour les affaires puisque génétiquement, il est un groupe holding à lui tout seul. Le plus dur étant, bien entendu, d'inverser le flux et d'organiser la remontée des capitaux.

La femme, au contraire cherche avant tout à emplir son âme et non à satisfaire un instinct animal immédiat. Chez elle, la séduction passe par l'esprit et le cœur. Ainsi la moindre marque d'intérêt exprimée par un geste de tendresse ou de respect tend à la plonger dans un état quasi extatique. Hébétée, notre Marianne ne comprend pas qu'une œillade, un mot tendre, voire même une invitation ou une poignée de main insistante, ne traduisent chez l'homme que des intentions purement sexuelles et non le coup de foudre ou la rencontre d'une vie. D'où un décalage très net entre le signifiant et le signifié. L'homme s'en tenant au premier, la femme recevant le second. D'ailleurs, les plus efficaces de nos séducteurs ont parfaitement assimilé la chose et en jouent avec brio.

Dans le cadre de ma relation avec Barnabé, les choses se sont inversées et, une fois mon intellect et mes attentes affectives comblés, ce sont mes sens qui aujourd'hui demandent satisfaction.

Je me suis surprise l'autre jour à l'observer. Je ne voyais plus en lui un ami mais un homme au physique attrayant et je n'ai pu réprimer une pulsion toute naturelle. Cet homme m'attire.

Je me sens frustrée de savoir que rien de sexuel ne pourra jamais se produire entre lui et moi.

C'est donc cela le problème de toute relation, une simple différence de timing. L'homme veut du sexe tout de suite, la femme veut du sexe aussi… mais un peu plus tard.

Une fois cette ambiguïté levée, il reste mon meilleur ami du monde. Et je souhaite à chacun de croiser un jour dans sa vie un être, homme ou femme, d'une sensibilité aussi grande que la sienne.

C'est la première fois que je rencontre un homme pourvu du sixième sens avec lequel les femmes doivent se débattre toute leur vie durant : cette sensibilité unique qui l'a poussé lui aussi à entreprendre la quête de l'homme idéal.

AUTOPSIE DE L'HOMO

SES FORCES : sa joie de vivre.
SES FAIBLESSES : son absence d'attirance sexuelle pour les femmes.
SON ATTRAIT SEXUEL : toujours soigné.
IDÉE CADEAU : un déguisement de super héros.
SON ATOUT SÉDUCTION : sa spontanéité et son humour.
SA MÉLODIE SECRÈTE : que la vie soit avec nous.
SON ANIMAL TOTEM : l'hippocampe. Il flotte entre deux eaux et c'est l'une des rares espèces où le mâle porte les petits. Finesse, fragilité et force… tout à la fois.
SON CHEMIN DE VIE TERRESTRE : trouver l'amour.

Le Père

Mes entretiens réguliers avec Billy Cristal, psychothérapeute de son état, m'ont permis de faire le constat suivant : tout ce que j'ai, je ne le veux pas, et tout ce que je veux, je ne l'ai pas. Un peu comme si dès que j'obtenais ce que je veux, eh bien… je n'en voulais plus. Comme toutes les femmes, j'ai tendance à être une éternelle insatisfaite. Au lieu de voir les aspects positifs d'une situation, nous ne listons toujours que les points négatifs. Ça, c'est typique des filles. Fondamentalement nous sommes des « chieuses ». Mais mieux vaut taire cette vérité : c'est ce que les hommes apprécient le plus chez nous et qui les maintient loin de notre armoire à Tampax. Nous sommes parfaitement incompréhensibles pour eux. Cela s'appelle les paradoxes : les filles ne sont qu'une succession de paradoxes et aucun homme, jamais, ne pourra en saisir le sens ! Parfois je m'y perds aussi.

Au départ, les séances chez Billy et sa méthode consistant à me faire découvrir toutes les horreurs de mon éducation parentale m'ont laissée de glace. Je restais assez hermétique à la tentative de critique systématique de mes géniteurs. C'est vrai, quoi, personne n'est parfait ! Tous les enfants ont quelque chose à reprocher à leur papa et à leur maman. Le processus est plutôt sain et c'est même la condition sine qua non pour pouvoir se construire. Reste qu'à la différence de mon psy, je ne suis pas persuadée de la nécessité d'envoyer valser ses géniteurs pour être capable de proliférer soi-même. Mais ça, c'est un autre débat.

La semaine dernière, xième séance de thérapie. Sujet du jour : l'homme idéal, qualités et défauts. Une vraie dissertation ! J'ai l'impression de retourner à l'école et chaque séance, malgré mes réticences des premières minutes, me transporte vite quelques années en arrière, me plaçant dans la situation d'une petite fille fragile osant à peine parler de ce qu'elle a dans la tête. Bref, nous voilà partis pour le portrait-robot du compagnon parfait, en tout cas selon mes critères personnels !

— Tout d'abord, il doit être gentil. Les méchants, les diables, les pervers, les violents et tout ce qui peut s'y apparenter, j'ai déjà donné.

— Bien, mais ceci est une résultante de ce que vous avez vécu récemment. Essayez d'aller un peu plus loin. Fermez les yeux et décrivez-moi celui que vous voyez.

— Très bien… Il est grand avec de larges épaules. Il me semble immense par rapport à moi, et ses grands bras s'ouvrent lorsque j'arrive. Il m'enlace et là, je me sens bien. Une sorte de giron tout chaud. Je cache ma tête contre son torse en me blottissant, mes bras tout recroquevillés entre lui et moi. Comme si je cherchais à me fondre en lui… ses bras sont d'une tendresse infinie et c'est un endroit où je me sens bien.

— Que ressentez-vous lorsque vous êtes là ?

— Je me sens en sécurité. Un peu comme si cet endroit était en dehors du temps, en dehors de la vie réelle. Une sorte de refuge inconnu de tout autre que moi. Un jardin secret dans lequel rien ne peut m'arriver.

— Vous voyez donc votre homme idéal comme un protecteur ?

— Oui, je crois.

— Y a-t-il quelqu'un comme cela dans votre entourage ?

— … Je ne vois pas du tout où vous voulez en venir.

— Ah ! bon… Très bien. La séance est terminée pour aujourd'hui. Essayez d'approfondir cette vision et de répondre à cette question. On se revoit dans une semaine.

Ça c'est la partie que je déteste avec le psy : il pose LA question qui tue, puis te met dehors. En fait, ce sont des maîtres de la torture, ces gens-là. Ils passent des années à apprendre comment rendre les patients fous à lier en les engluant dans des énigmes à la noix.

Parce que là, moi, je vois très bien où il veut en venir, mais je n'ai pas du tout envie d'en parler. Toutes les femmes du monde connaissent un Œdipe plus ou moins difficile à assumer. Alors pourquoi est-ce que chez moi, cela doit apparaître comme une maladie ? C'est bien un mec pour sous-entendre des trucs pareils !

Faire post-it rouge : *« Demander à Billy s'il a une fille. »* Le tordu ! Il arrive même à faire chougnier De Niro !

Comme la vie fait toujours bien les choses, cette séance chez le psy fut immédiatement suivie d'un week-end chez mes parents. Ma sœur et moi alternons cette obligation, une fois par mois.

L'arrivée dans la maison familiale est toujours un peu surréaliste. Étrange de retrouver le lieu que l'on a habité enfant. Tout paraît beaucoup plus petit. À moins que ce ne soit un sentiment de claustrophobie. Tiens, il faudra que je parle de cette sensation à Billy.

— Bonjour maman. Toujours dans ta cuisine ?

— Ça va, ma fille ? Enfin te voilà !

Je l'embrasse tendrement, pose mon sac et ôte mon manteau.

— Tu peux me passer le grand plat en grès, s'il te plaît.

— L'énorme, là, sous le buffet ? Mais il pèse une tonne, ce truc ! T'as encore fait à manger pour quinze ! Il est plein de poils de chien ! Je vais le laver…

— Mais non, un bon coup de torchon et ça ira.

P.I.S. : Oh ! Pas très faim le midi moi… Je ne sais pas pourquoi… Je dois être plutôt du soir…

— Tes frères ont invité leurs amies.

— Et personne ne t'aide, bien sûr. J'arrive. Laisse-moi juste le temps de poser ma valise dans ma chambre.

Ce n'est pas que ces week-ends soient désagréables, mais l'accumulation de petits détails fait rapidement déraper les retrouvailles familiales en calvaire d'intendance, résumant les relations humaines à un échange technique, style « passe-moi le plat », « où sont les draps ? », « qui nettoie la salle de bains ? » et « n'oublie pas de t'essuyer les pieds avant d'entrer ». La famille, quoi !

À peine sortie de ma chambre, j'entends le téléphone sonner. Le dring-dring n'a pas l'air de faire bouger grand monde, aucun de mes frères ne consent à décrocher.

P.I.S. : T'inquiète, maman, j'y va.

Quelques minutes plus tard, on sonne à la porte. Certainement quelqu'un qui souhaite s'introduire après avoir tiré la chevillette, et attend, à juste titre, que la herse se lève.

P.I.S. : Toujours aucun mouvement de la part des princes occupants du château... T'inquiète maman, j'y va aussi.

— Es-tu sûre de leur avoir fait des pieds et des oreilles aux autres ? Je connaissais l'expression « pas de bras, pas de chocolat », mais là d'autres s'imposent : « pas de pieds, pas aider », et « pas d'oreilles, c'est pareil ».

— La table est mise ?

— À moins que dans les dernières vingt-quatre heures tu n'aies enfin réussi à faire comprendre à un homme dans cette maison que la nourriture ne tombe pas toute prête directement du plafond dans l'assiette, il y a peu de chance que la table soit mise ! En fait, ils croient tous au Saint-Esprit, nos hommes. C'est un vrai miracle !

— Arrête un peu. Tu n'as qu'à la mettre, la table.

— Mais non, je vais leur demander.

— Ils jouent aux échecs avec leur père. Tu ne vas pas les déranger !

— C'est sûr. Trop important de jouer aux échecs avec Papa ! C'est bizarre, il n'y a que les hommes qui jouent aux échecs dans cette maison. Il doit y avoir une transcendance qui nous échappe à nous, les femmes, entre le masculin et les échecs, un peu comme le côté obscur de la force ou le foot : tu peux te gratter donc tu as le droit de jouer ! C'est un peu la base du sport, d'ailleurs !

— Allez, tu en as pour cinq minutes… Vite, vite, vite… et avec le sourire.

Cette phrase résume à merveille toute la philosophie de vie de ma mère. Comme la plupart des femmes de sa génération, elle a passé les quarante dernières années à élever et nourrir mari et enfants, toujours avec le même dynamisme, sans jamais se plaindre, avec abnégation, passion et amour. La famille comme une véritable religion. Elle est merveilleuse de cette tendresse qu'elle dispense. Et pourtant, tellement seule. Personne ne la perçoit jamais, cette solitude, personne ne lui dit tout simplement « merci » pour tous ces instants qu'elle préserve et toutes ces tâches dont elle soulage les autres.

Elle voudrait tant, ma pauvre maman, que j'adhère à ce mode de pensée. Mais c'est d'un autre temps tout cela. Et je ne crois pas qu'il soit bon pour elle qu'on lui mette le nez sur l'absence totale de reconnaissance de sa progéniture. Alors je ne remets pas en cause devant elle son mode de vie, fondamentalement machiste selon lequel servir son mari est la seule raison d'exister. Donc moi aussi, je subis cela pendant un week-end… Si elle savait que la vie peut être autrement… Peu importe, puisque c'est autour de cela qu'elle a construit son bonheur. Laissons-la à ses rêves…

— Tu as dit bonjour à ton père ?

— Si tu parles du gros grizzly qui vient de me labourer le dos et de me baver dans le cou, c'est bon, je l'ai vu.

Nous nous sommes croisés, il m'a serrée dans ses bras avec cette réserve qui me répugne et qu'il sait si bien mettre entre nous. Ces gestes maladroits qui réduisent une marque d'amour à une simple accolade. Deux corps qui se font face, comme deux inconnus, alors que je suis sa chair, une partie de lui. Curieuse sensation, éprouvée chaque fois, de le sentir si proche et si loin en même temps. Est-ce moi qui suis différente ? Est-ce moi qui suis exigeante ? Est-ce que ça se passe comme cela dans toutes les familles ? Cette maladresse distante masque-t-elle de l'indifférence ou tout simplement de la gêne ? L'étreinte s'est relâchée, la vie a repris le dessus sans même que nos regards se soient rencontrés. Triste réalité…

Maman est dans les starting-blocks, elle a rempli sa partie du contrat d'amour avec les hommes de sa vie : les estomacs peuvent venir faire le plein. Je place ma voix et sonne le rassemblement :

— À table !… ÀÀ TTAABBLLEE ! ! !… ÀÀÀÀÀÀÀÀ TTTTTAAAAABBBBLLLLEEEE… Bon, je commence. Ils n'ont qu'à venir quand on les appelle.

— Non, ça ne se fait pas. Tu attends tout le monde.

— Mais, maman, c'est toujours nous qui les attendons. Jamais l'inverse. Et tu ne vas pas me dire que leurs nanas ne pouvaient pas nous aider ? Ils les ont choisies manchotes ou quoi ?

— Simplement mal élevées. Et ce n'est pas une raison pour en faire autant. Moi, je t'ai bien éduquée.

Le repas se déroule de façon habituelle. Décidément, le temps ne semble pas avoir de prise sur cette famille ! Dans la salle à manger, le père trône devant sa descendance et la promesse d'une nouvelle génération à venir, déjà incarnée par les demoiselles galamment conviées par mes deux frères. Tout ce petit monde, sans même remarquer le soin pris pour harmoniser couverts, assiettes, verres et déco centrale, entame ce qui, de ma place, ressemble plus à une séance de gavage qu'à un repas dominical. Maman, à l'autre bout de la table, observe, heureuse, toute sa petite famille. Je me suis réservé la place près de la porte menant à la cuisine afin de soulager au mieux celle à qui tout ceci apporte le plus de bonheur. Il faut bien que quelqu'un pense à elle, même si je sais que seule une attention masculine peut toucher son cœur. Peu importe, en l'aidant, je gagne bonne conscience et me soulage de la douleur que sa vie m'inspire.

Les conversations vont bon train, chacun lance son petit mot ou sa grande théorie. Ces week-ends-en-famille sont pour moi l'occasion de mesurer l'immensité-du-vide-intersidéral qui me sépare de ces individus.

C'est drôle une famille : un regroupement de gens qui n'ont jamais décidé de vivre ensemble. Seules les deux têtes dirigeantes ont fait, un jour, le choix de s'associer et les petits actionnaires doivent, coûte que coûte, porter leurs stock-options. Une fois l'an, au minimum, on leur impose de venir donner quitus de bonne éducation, avant de repartir chacun dans leur vie.

Étrangement pourtant, l'affectio societatis semble innée dans ce type de structure, et malgré la vision quelque peu noircie du tableau, tous ces gens s'aiment en dépit de leur apparente indifférence et de la surdité absolue dont ils font preuve face aux problèmes de leurs voisins. Mais en cas de crise grave, spontanément et sans même une hésitation, tout ce petit monde se soude en une fraction de seconde. Et là, c'est de l'amour pur, inébranlable, qu'aucune épreuve ne saurait ternir. C'est peut-être cela les vrais sentiments, le véritable Amour. Les faiblesses du quotidien et les petits reproches paraissent alors bien futiles.

Après ce fameux gaudéamus, je donne un coup de fil à ma sœurette, restée tranquillement dans sa maison, pour lui faire partager mon calvaire.

— Allô, Isabelle ? C'est moi.

— Alors heureuse ? Ils ne t'ont pas encore achevée. Tu bouffonnes bien ? Qu'est-ce que tu as mangé de bon ?

— Oh ! Étonnant ! Maman s'est mis en tête de nous faire de la cuisine moyenâgeuse. Ça vaut le détour ! Je te laisse imaginer les huîtres chaudes… Suivies d'un chapon garni de saucisses jaillissantes du trou du cou et agrémenté de cailles piquées dans la bête… avec encore leur tête ! Un vrai bonheur de manger avec les yeux d'un oiseau mort qui te regardent ! Heureusement elle avait aussi prévu, comme d'habitude, gratin dauphinois, purée de courge et énorme plateau de fromages. Elle a encore fait à manger comme si elle avait quinze garçons à elle toute seule.

— Bon… Et nos futures belles-sœurs se grattent toujours le nombril pendant que les mecs jouent aux échecs ?

— Toujours.

— Bon… tu as déjà vomi ou tu en gardes pour plus tard ?

— Je résiste. Difficilement, mais je résiste. Pour ce soir, Mum a fait un foie gras… elle-même.

— Fais gaffe ! La dernière fois elle ne l'avait pas dénervé et fait cuire selon une recette très très perso. Je te le déconseille, j'ai frôlé l'intox alimentaire.

— OK. Merci pour l'info.

Après cette petite récré avec Isa, le devoir se réimpose à moi : débarrasser la table, préparer le café, servir le café, vider le lave-vaisselle, remplir le lave-vaisselle, laver à la main les plats trop grands qui ne rentrent nulle part, essuyer, ranger, nettoyer la cuisinière, coup de balai rapide. Mission accomplie ! Je rejoins le reste de la troupe pour tentative-d'échanges-humains-verbalisés.

Deux garçons devant la télé, deux belles-sœurs parties se promener. Maman est en haut qui fait son repos, papa est en bas qui fait du… j'ai l'impression qu'il réfléchit… Je m'assois en face de lui, il entame :

— Et le travail ? Comment ça se passe en ce moment ?

— Bien. On lance une nouvelle campagne.

— Ah. Et c'est bien ça ? Et les ventes ?

— Ça va.

— Et au niveau de votre stratégie, vous commencez à penser au marché mondial ? Parce qu'en ce moment c'est porteur. Ça bouge beaucoup pour les nouveaux concepts et les entreprises désireuses de s'implanter à l'étranger. D'ailleurs le marché chinois est en train de s'ouvrir. La semaine dernière l'un de nos consultants est allé à Shanghai, il y a quelque chose à faire là-bas. Nous, par exemple, nous ouvrons notre capital à de nouveaux investisseurs. Forcément, dans les nouvelles technologies, c'est encore plus fort, mais un groupe comme le tien devrait pouvoir sortir son épingle du jeu.

— Oui. Tu as sans doute raison.

— Regarde ton frère Antoine, il vient de finir son tour de table. Sa start-up démarre sur les chapeaux de roues. Ça va lui faire du cinq cents K-euros de C.A. dès la première année d'exercice. Ils établissent un business-plan à trois ans. Bon, c'est vrai, ce sont des N-Tic…

— Ils ont déjà des bénéfices de prévu ?

— Je te parle de chiffre d'affaires.

— … Ah ! ! !

— Même si tu es au département communication, il faut quand même que tu te tiennes au courant des Profit Earnings des Majors. Il faut que tu lises *Le Monde*, *Les Échos* et *La Tribune* chaque jour pour savoir de quoi tu parles et ce que tu vends…

— Mais Dad, j'ai changé de job ! Je ne travaille plus pour la banque d'affaires depuis deux ans !

— Oui… Mais… Ça ne t'empêche pas de te maintenir à niveau… pour ta culture générale ! Ça ne fait pas de mal !

P.I.S. : C'est incroyable la façon dont l'être

humain, lorsqu'il veut avoir raison, développe une sorte de… mauvaise foi !

— OK. Et avec maman, c'était sympa votre week-end en Provence ?

— Hum…

Le téléphone sonne. Toujours personne ne bouge. Tant mieux, j'ai besoin d'air. C'est de nouveau Isa.

— Dis-moi, Isa, ils lui ont fait prendre des cours à Papa ou quoi ? Il se déchire, il vient de me parler pendant trois minutes quarante-cinq, et d'un seul trait !

— C'est pas vrai ? Et tu as compris quelque chose ?

— Non, toujours pas.

— Bon, alors c'est qu'il s'emmerde, donc il te parle.

— C'est lui qui n'est pas normal ou c'est nous ? Parce que quand même, à chaque fois qu'il m'adresse la parole j'ai l'impression d'avoir un Q.I. d'escargot croisé crocus. En plus il ne sait même pas où je bosse !

— Oh ! T'inquiète. Tu sais, entre celui qui parle mais ne se fait comprendre de personne, et celui qui s'abstient devant le néant d'incompréhension, je crois que je préfère la deuxième position.

— Tu crois qu'un jour il changera ?

— Avec toi ? Aucune chance tu es une fille. Bienvenue au club ! Alors arrête d'espérer et va finir de nettoyer la cuisine, ce sera toujours mieux que le club Culture !

Retour à Paris. Le week-end a été lourd. Envie d'oxygène. Je m'incruste chez Babeth et échoue sur son canapé.

— Raconte. Ton week-end ?

— Toujours pareil : tu portes des plats, tu remplis des plats, tu manges des plats, tu débarrasses des plats, tu laves des plats et tu ranges des plats. Éventuellement tu passes par la case toilettes pour rendre tes plats… d'une façon ou d'une autre. Entre les séries de plats, tu t'assois et tu tentes de communiquer. Tu t'intéresses aux conversations, tu écoutes, tu fais tout ce que tu peux pour comprendre. Tu poses des questions, tu attends les réponses. Et quand t'en as marre d'attendre, c'est dimanche soir, alors tu rentres chez toi.

— Eh bien, je vois que c'est la forme ! Tu veux des phytoplantes euphorisantes ?

— C'est chaque fois pareil. Ma pauvre maman se plie en quatre pour des mecs qui ne voient rien.

— Dis-toi bien qu'elle y trouve son compte, sinon, depuis quarante ans, elle serait passée à autre chose.

— Mais tu ne crois pas qu'ils pourraient un peu, de temps en temps, l'aider, lui montrer de la gratitude pour tout ce qu'elle fait ?

— Tu sais, le problème, c'est qu'elle les a élevés comme ça. Alors ils lui donnent ce qu'elle veut recevoir. Ce qui la touche, c'est qu'ils mangent ce qu'elle prépare, qu'ils aiment et surtout pas qu'ils lui parlent.

— Tu crois ?

— Oui. C'est triste à dire, mais nous faisons toutes la même erreur. Lorsque nous avons un fils, nous pensons ENFIN en avoir un qui nous aimera. Et là, patatras ! Nous reproduisons les pires schémas. Comme une vengeance inconsciente contre tous ceux qui nous ont mal aimées, à lui, nous lui donnons tout, tout et plus encore. Nous les pourrissons dès le départ en nous laissant enfin aller à donner tout l'amour retenu en nous… Sans penser malheureusement que ces petits hommes deviendront les séducteurs de demain.

— C'est encore tout notre faute, quoi ? Mais ils se responsabilisent un jour, tous ces mâles ?

— Oui pour certains, lorsqu'ils deviennent pères. En fait, je n'en ai pas croisé beaucoup qui se soient vraiment impliqués dans leur vie, dans leurs rapports avec les autres. La plupart du temps ils étaient superficiels et ne cherchaient qu'à s'amuser, à posséder, voire à détruire pour certains. Dans ces conditions, comment voulez-vous construire quelque chose ou envisager de leur donner la possibilité d'être père un jour ?

Le seul avec qui j'aurais pu était Gabriel. Mais c'est justement son sens des responsabilités envers ses enfants qui l'a éloigné de moi… Alors, à quoi bon…

— Alors, avez-vous réfléchi à la question de la dernière séance ?

— Oui et j'en arrive à un constat affligeant : tous les hommes que j'ai croisés et que je croise comme mes frères, mon père ou mes amis sont tous semblables dans leurs rapports avec les femmes. Ils passent par différents stades au cours de leur vie : jusqu'à trente ans ils sont de jolis-coqs-dragueurs, entre trente et quarante ans, conscients de leur corps, ils commencent à l'entretenir en fréquentant les salles de sport, puis à partir de quarante ans beaucoup plus sûrs d'eux et de leur effet sur la gent féminine ils deviennent coureurs-séducteurs et, quand ils frisent la soixantaine, la certitude d'une mort inéluctable les pousse à se prouver qu'ils sont encore « capables ». Toute leur vie ils ne sont guidés que par leur instinct sexuel. Je crois ne pas me tromper en disant que tout ce qu'un bipède mâle cherche au cours de sa vie, c'est à se vider de son surplus de sperme.

— Pensez-vous réellement qu'un homme se résume à cela ? N'envisagez-vous pas avoir eu un autre rôle dans la vie des êtres que vous avez croisés ?

— Si. Fantastique ! Ils m'ont demandé tour à tour : de s'occuper de leur maison, de laver leurs fringues et de leur faire à manger, d'écouter leurs malheurs et de les comprendre, de soigner leurs blessures, de les consoler, de les attendre et surtout… de les pardonner…

— Bref, de les aimer…

— Oui, mais c'est le rôle d'une maman, ça ! Et moi, je ne suis pas leur mère !

— Mais vous, que cherchez-vous chez un homme ?

— Ce que je cherche chez un homme ? Je veux qu'il sache me protéger des abîmes de la vie et des blessures qu'elle vous inflige ; qu'il sache m'insuffler la force nécessaire pour parcourir le chemin de l'existence en me donnant la main pour que je ne tombe pas ; qu'il panse mes plaies lorsque je trébuche ; qu'il me soutienne lorsque je n'ai plus de force ; qu'il me laisse grandir à ses côtés sans jamais essayer de me modeler ; que ses bras s'ouvrent et m'enlacent dans une étreinte empreinte d'amour vrai ; qu'il ne me demande rien d'autre que d'être moi, de rayonner, dans un bonheur enfin sincère et simple, à deux… à trois… à quatre….

— Très bien. Et pour vous, qu'est-ce qu'une famille ?

— Une famille ? C'est un peu comme des poupées russes emboîtées les unes dans les autres selon une logique de protection où le plus fort protège toujours le plus faible. Une sorte de gros hamburger d'Amour. Il faut trouver un vrai pain avec du sésame dessus qui recouvrira tout son petit monde de sa mie moelleuse de gentillesse et chaude de tendresse : un gros pain au sésame qui déborde bien sur les côtés pour éviter que les petits « cornichons » du milieu ne glissent…

— Et la femme, elle est où dans votre sandwich ?

— Ben… c'est l'un des cornichons… je crois…

— Les hommes que vous avez rencontrés cherchaient donc une mère pour eux-mêmes ou pour leurs enfants… et la femme que vous êtes cherche… un père…

Silence… Il me regarde droit dans les yeux avant de poursuivre :

— … Je crois que vous avez beaucoup à vous dire, tous les deux… Écrivez-lui, sans retenue, sans fausse honte. Sachez que toutes les femmes éprouvent un jour le besoin de dire ces mots.

À la façon d'une oraison, libérée de ton regard, je veux coucher sur ces pages blanches toutes les choses, les mots qui jamais n'ont pu franchir la barrière de ma bouche. Te parler d'Amour, à toi, Papa. Ne pas te dire « je t'aime » ; ces mots sont trop petits pour un Amour si pur ; mots si communs qu'ils en deviennent presque vulgaires. Non, ce sentiment mérite beaucoup mieux, beaucoup plus qu'un « je t'aime ». Sept lettres qui ne servent à rien, qui résument en une banalité une émotion si profonde. Qui ne disent rien car rien ne peut résonner dans des mots aussi simples lorsqu'ils ne sont pas portés par ce sentiment invisible, mais tellement palpable s'il vient du cœur.

J'avais envie de te dire que c'est toi l'homme de ma vie.

Tu vois, je t'ai cherché partout alors que je t'avais juste devant moi. Mais les absences ne m'ont pas permis de remplir mes petits yeux, mes petits bras et mon gros cœur. Alors j'ai idéalisé cet homme que tu étais. Enfant, j'ai aimé tes défauts, chacun de tes mots, chacune de tes maladresses ; j'ai détesté tes reproches, fui tes jugements et espéré ta tendresse. Oui, ta tendresse. Je l'ai tant imaginée, cherchée chez d'autres qui n'ont su que me blesser, laissant un vide un peu plus grand à chaque fois et une impression d'incertitude encore un peu plus profonde après leur rencontre. Ils avaient chacun quelques-uns de tes traits, mais aucun d'eux ne t'égalait. Toi, si grand, si fort, si beau, si plein de courage face au monde, si plein de justice et d'idéaux… Mais que faire de toutes ces grandes vertus alors que je voulais juste un refuge ?

Je cherche des bras dans ce monde que tu m'as façonné, trop grandiose pour la petite fille que je resterai toujours. Tu m'as faite Princesse, avec tous les devoirs que cela implique et pourtant la vie ne m'a trouvée que femme un peu perdue et si fragile. Et je te hais pour toutes ces perfections que tu as mises en moi, pour toutes ces exigences que j'ai cru me voir imposer dans tes yeux.

Pourtant, j'avais besoin qu'à ton tour tu me dises ces trois mots qui malgré leur fragilité, portent en eux l'espoir de toute une vie et la seule vérité de l'âme. Un « je t'aime » sonnant comme la fin d'une attente, une délivrance. Un « je t'aime » un peu spécial…

unique : celui d'un père à sa fille. Et la petite princesse l'aurait reçu avec ses innocences d'enfant, ses erreurs d'adolescente et ses blessures de femme. Et ces mots, simplement ces trois mots, ces quelques lettres auraient suffi à apaiser toutes les douleurs que la vie avait réussi à m'infliger et toutes ces peurs qui envahissent mes silences. Un « je t'aime », comme un messie, qui aurait su me protéger de toutes ces écorchures, qui aurait séché toutes les larmes que d'autres avaient fait jaillir… souvent le soir, loin de tout… si loin de toi. Comme une certitude, un levier pour soulever le monde, ce « je t'aime »-là m'aurait donné la force d'un centaure, une deuxième vie, ou peut-être tout simplement… une raison d'être là.

Et tes bras si souvent désirés, eux aussi ! Mais savais-tu seulement les ouvrir ? Cette tendresse tant attendue et dont j'avais tellement besoin…Tu n'avais pas le droit de ne pas savoir, de ne pas ressentir ce besoin, tu n'avais que des devoirs. Celui de me faire connaître la vie et de me protéger lorsqu'elle aurait été trop dure ; celui de me transmettre cette tendresse que je désirais tant et dont j'étais assoiffée… Je n'étais que ta toute petite fille… Tu m'as regardée, mais tu ne m'as pas vue…

Aujourd'hui, me voilà femme abîmée par les caprices d'autres hommes qui ne m'ont jamais envisagée autrement que comme une proie. Ils m'ont demandé d'être forte pour eux, mais je n'étais qu'une toute petite fille. Regarde les bras d'une enfant… te paraissent-ils forts ? Sont-ils capables de se battre, ces tout petits bras ? Je ne le crois pas.

Toi seul pouvais être sincère dans tes sentiments. Toi seul avais une chance de me voir, de lire mon cœur et de ressentir mon âme. Mais voilà, aujourd'hui je suis femme et ces mots, la vie nous interdit de les dire. Alors je reste seule avec mon vide, mon admiration, ma petitesse face à un grand homme qui ne sera jamais rien d'autre qu'un grand homme… Non, qui sera à jamais, MON grand homme.

Un jour j'ai vu des larmes couler sur tes joues. Comment te dire sans violence ? Comment te dire le bien que m'ont fait ces larmes ! Comment te dire ce que j'ai pu ressentir en voyant couler ces perles d'eau salée sur le visage de mon géant. J'aurais voulu savoir les apaiser. Pourtant cette faiblesse était pour moi comme la réponse à une prière faite si souvent, dans la pénombre de ma chambre. Enfin tu étais humain, accessible. Enfin, à travers ce sanglot, je découvrais que, toi aussi, tu avais peut-être, toi aussi, des faiblesses aussi faibles que les miennes. Oui, enfin mon colosse avait des pieds d'argile. Pourquoi a-t-il fallu des pleurs pour qu'enfin je me sente proche de toi ? Ton glacis de perfection se fissurait pour te rendre plus facile à aimer par une simple petite fille comme moi. Enfin tu étais à ma portée d'amour.

Tout ceci doit te paraître bien égoïste. Toi, tu souffrais, et moi, dans cette fragilité, je trouvais une raison de plus de t'aimer, un peu comme si enfin, il existait une petite place à prendre dans ta réalité.

Stupides tous ces mots, n'est-ce pas ? Et pourtant, si vrais et plus sincères que tous ceux que tu pourras entendre dans toute une vie et à travers des milliers de rencontres.

Stupide. Je sais, mais c'est ça les enfants, ils se

construisent tout un monde dans lequel la seule échelle de valeur est celle des sentiments. Si différents des adultes, si loin de la vie réelle n'est-ce pas ? On me l'a déjà tellement reproché. En gentille petite Alice, je me suis construit un monde merveilleux autour de ton image, et tes larmes t'ont enfin rendu réel.

Chacun de tes doutes, chacune de tes erreurs m'ont permis d'apprendre à oser t'aimer, à me sentir enfin digne de cet Amour et m'ont donné la force de chercher une complicité que, par pudeur, tu n'avais pas su créer.

Maintenant je sais qui je suis. Je t'adorais en entrant chez le psy, en en sortant, mon papa, je t'aime toujours, mais les yeux ouverts. Aujourd'hui je te dis « c'est tout ta faute », mais merci quand même… pour le peu que tu as su me donner, parce que pour certains, c'est tellement dur de donner… et, pour d'autres, tellement compliqué de recevoir.

Bien sûr, ton « je t'aime » arrivera trop tard.

Pourquoi est-ce toujours à nous, les femmes, qu'il appartient d'inventer l'amour ? Pourquoi devons-nous inlassablement vous montrer le chemin des sentiments, la direction du cœur ? N'êtes-vous pas capables à votre tour d'entrevoir seuls la beauté d'une âme et de vous faire violence pour vous engouffrer dans cette brèche et venir nous chercher ?

Pourquoi ? Pourquoi doit-on vous apprendre chaque lettre du mot Amour ? Pourquoi votre « je t'aime » n'arrive jamais à l'heure ? Comment vous dire que nous sommes fatiguées d'inventer l'Amour et que nous souhaiterions tant que quelqu'un d'autre le fasse pour nous… juste une fois. Si encore vous aviez compris qu'il faut nous donner un peu d'essence pour nous aider à parcourir ces chemins et à faire vivre ces histoires ! Non, pour l'Éternité, les hommes et les femmes seront dans une espèce de décalage horaire permanent : les unes donnant, les autres recevant.

C'est peut-être ça l'homme idéal, un humain capable d'inventer son propre langage d'Amour, sa façon à lui… unique… de dire « je t'aime ».

Alors je me balade avec mon gros cœur entre les bras. Mais qu'est-ce que je peux en faire, moi, de ce cœur ? À qui je vais pouvoir le fourguer ? Personne n'en veut. Forcément, on a chacun le nôtre que l'on traîne comme un boulet. Porter le sien c'est déjà si lourd, alors deux cœurs…

Épilogue

La sonnette résonne. J'ouvre.

— … Je ne t'attendais plus…

Gabriel entre et referme la porte derrière lui.

— J'ai tout laissé tel quel. Depuis toi, notre appartement est mon sanctuaire, comme un refuge. J'ai retourné tous les tableaux pour avoir tes mots d'amour et ton écriture devant mes yeux chaque jour. C'est en eux que j'ai puisé la force de choisir.

Je me suis blottie contre lui… et j'ai replié mes bras entre lui et moi…

FIN

LEXIQUE

AOÛTATS : Parasites, pique-assiettes, boulets, mondains sans scrupules, faux amis, profiteurs… etc.

AVOIR LES YEUX DANS LA GRAISSE DE BEANS : Jus de haricots blancs cuisinés à la sauce tomate. Expression québécoise signifiant l'amour rend aveugle. Bien sûr, nos amis québécois ont une vision très personnelle de l'amour. Moi qui croyais que les fayots donnaient des flatulences, je suis heureuse d'apprendre qu'une partie de la population humaine est capable d'y voir un stimuli sentimental ou érotique.

BITE AU CIRAGE : Petit supplice de cours de récré. Tu as aussi la bite au poteau, le tape-cul, le goudron et les plumes (ça, c'est plus dur pendant la récré parce que tu es plus facilement repérable par la maîtresse).

BOF LA BOUM : PAF le chien ; PIF la mouche ; OUILLE le feu ; JUS la tomate ; PLOUF dans l'eau ; TUKUT le cheval et SCRUNCH la bagnole… (si c'est pas ta voiture, t'es mal !).

BOND-AGE : Pratique sadomasochiste consistant à ficeler son partenaire à l'aide de diverses attaches telles que : la ficelle, la ceinture de kimono, ses cravates, ses ceintures, du filet de pêche, etc. Attention ! il est fortement déconseillé d'utiliser le sparadrap et autres bandes Elasthane collantes destinées aux sportifs.

BURNES : Glandes et leur enveloppe cutanée, aussi appelée scrotum, situées à l'arrière du pénis et productrices de spermatozoïdes. Elles sont généralement au nombre de deux. Au moment de la puberté, le phénomène de la descente burnaire est à surveiller chez le jeune mâle. Bizarrement, le phénomène est plus audible que visible. Synonyme : bourses.

— Et ça veut dire quoi alors boursicoter ?

— Tu spécules : tu places et tu récupères ce qui en sort.

CALS AUX MAINS : Petits renforts de peau situés à la base des doigts (si t'es droitier : main droite ; si t'es gaucher : main gauche), permettant de donner de l'aplomb à un objet… pour le mettre à niveau… Et si on te parle de « cal sèche », c'est que monsieur ne s'en sert pas trop ou a un problème d'urticaire à l'intérieur des mains.

CARTOUCHE : Si tu parles égyptien c'est plus facile. Peut-être qu'il t'a laissé un message.

CASSER LA GUEULE : Une fois l'engueulade bien entamée et après t'être cassé la voix, tu passes aux choses sérieuses : tu lui éclates le pif, tu lui arraches les couilles, tu lui griffes le visage et, s'il te reste un peu de force, je te conseille le coup de pied dans la bouche, ça fait super mal et ça a l'avantage de le rendre muet pour un certain temps. Évidemment, c'est en rêve car dans la vie réelle, y a peu de nanas qui font ça.

COQUILLE SAINT-JACQUES : Mollusque, agressif dans son milieu naturel qui, une fois ébouillanté, est servi aux humains. Le coquillage est composé de deux parties : la partie blanche, filandreuse à souhait, de consistance certaine, à tendance sèche en l'absence de sauce… et le meilleur, la langue orange du mollusque. Si vous réussissez à l'introduire dans votre bouche (champion du monde : vous roulez un palot au frangin du bulot !), la surprise des papilles gustatives est à son comble. L'objet se désagrège sur votre langue en donnant l'impression d'avoir avalé… le pot de crème Nivéa (ancienne formule). Notez bien la dimension de la langue par rapport au reste du corps et… imaginez… un homme avec une langue faisant les deux tiers de son corps : un nouveau super-héros est né : SUPER TONGUE…

CORRONÈS : Glandos e envelopas cutanes o scrotumos situationne arriera de la bita e productivo el spermatozoidos. El burnos esta duos. E momento de la puberta e boutonas usted observa el chutas de los burnos. El fenomen esta mucho auditivo que visual. (Désolée, la multi-linguiste s'est barrée, j'ai fait ce que j'ai pu.)

DICO DES TEXTOCH : SLT = salut ; BLG = blague ; SàM = salle à manger. Exemple d'utilisation de ce dictionnaire : « Rendez-vous ce soir pour petit dîner en amoureux. Je t'aime et t'envoie mille baisers » donne en langage textoch : « Rdv s soir pt bouf en amx jtem bezes ». Évidemment c'est tout de suite moins romantique !

EFFETS-ANNONCIATEURS-PROSTATIQUES : Prostate : organe glandulaire, chez l'homme, situé sous la vessie. Ceci n'étant pas un organe externe, il est plus difficile pour une femme d'en parler, compte tenu de l'absence d'accès à l'objet et donc de son manque de maniabilité. Le dysfonctionnement prostatique étant diagnostiqué par un toucher rectal, cette première phase suffit souvent à traumatiser les plus virils de nos étalons. Pourtant…

ÉPILATION-TOUJOURS-NETTE : Messieurs, visualisez une bande de cire chaude savamment appliquée sur une certaine partie de votre anatomie (la plus intime bien sûr, sinon, ce n'est pas drôle). Eh oui ! Maintenant, il faut la retirer. SCRRRATCH ! ! ! Rien que d'y penser ça fait mal, hein ? Alors imaginez ce que nous supportons pour nous rendre douces à vos caresses et… appréciez.

E.T. : … Il faut tout dire aux enfants Steven. J'ai mis vingt ans à connaître la vraie profession de ton héros. Pour tes prochains films fournis une fiche de renseignements aux parents avant la diffusion pour qu'ils sachent si vraiment c'est pour les enfants !

FAIRE DES COPEAUX : Imaginez un morceau de parmesan (pas pour l'odeur) et une râpe à fromage… OK… Alors plus personne ne m'embête ! OK !

FIGUE : Choune, foune, poune, roune, moune, voune, xoune… la chatte quoi.

GARDE-ROBE-DE-SÉDUCTRICE : Robe noire, décolleté-de-la-mort-qui-tue, bas de soie, porte-jarretelles, balconnets, escarpins à talons ou bottes, selon la mode ; les matières peuvent varier : coton, soie, dentelle… cuir, latex, peau de bête, feuilles, branchages, cheveux, poils, pelages divers, bois… bref, toutes fibres naturelles que vous rencontrez dans votre quotidien et susceptibles de provoquer une érection spontanée chez votre partenaire habituel ou occasionnel.

GAZELLES THOMPSON : Ruminants à longues pattes fines et cornes annelées. Signe distinctif de la Thompson : éclairs à la Starsky & Hutch sur les côtés, petite touffe de queue nerveuse, relevée, laissant la rosette apparente.

GNAGNAS : Mal au bide, bloque les reins, coule, toujours au mauvais moment d'ailleurs, nerfs en pelotes, impression d'être toujours crade ; tachent : culottes, jupes, draps, chaises, tapis, etc. Bref, tous les endroits où tu poses tes fesses.

GRAND AMOUR : Ça doit exister quelque part. C'est énorme, c'est beau, c'est chaud… Mais bizarrement peu de gens le rencontrent.

HESPÉRIDES : Lieu de repos charmant agrémenté d'un grand jardin fleuri où il fait bon se promener au printemps…

— Mais t'as rien compris, Caca ! Ça s'appelle une maison de retraite et le grand jardin, c'est un cimetière ! T'y es allée un 1er novembre c'est pour ça qu'il y avait plein de fleurs !

HORMONES : Substance chimique élaborée par une glande endocrine et exerçant une action spécifique sur le fonctionnement d'un organe… se reporter à la définition des effets annonciateurs prostatiques.

JELLOW : Substance gélatineuse verte, rouge ou jaune qui ressemble à de la… fesse de grand-mère. Bon appétit ! (Je crois que c'est une invention anglaise… Don't touch !)

KYRAZ : Jolie Parisienne filiforme qui se nourrit de faux sucre et de coca light. En langage parlé et branché d'aujourd'hui : une Findus (mais le côté poisson pané fait tout de même un peu fuir… l'odeur sans doute…).

LA CRÈME : Il existe plusieurs sortes de crèmes dont les noms proviennent certainement de la manière de l'obtenir : anglaise (nécessite un effort sur soi, voir portrait princier) ; fouettée (tout est dans le poignet. Surtout ne pas faiblir dans le mouvement sous peine d'affaissement subit) ; fraîche (à récupérer au petit matin… elle a macéré toute la nuit quand même !) ; chantilly (l'important c'est le volume d'air à l'intérieur… « Babeth, arrête de souffler, ça ne fait pas de bulles ! ») ; aux œufs (Nom de Zeus ! Il faut avoir une grande bouche !) ; au chocolat (… Moi, je ne goûte pas…) ; brûlée (réservée aux fumeurs et aux détenteurs du passe 50 séances d'U.V.) ; renversée (version 1 : « Oh ! Putain… T'en as foutu partout, faut que je change les draps ! Crotte, il s'est endormi… Et c'est toujours de mon côté ! » Version 2 : « Tu peux t'essuyer le menton, s'il te plaît ! ») ; caramel (souvenez-vous de la pub avec la poire William et le chocolat qui dégoulinait tout doucement sur les côtés… C'est un peu le même principe).

LA GAULE-LES-PINS : Petite ville du front de mer renommée pour sa forêt de pins et située entre les agglomérations de Port-Nique et Port-Nichons. Très beaux sites à visiter.

LE GOULOT : Col étroit. Expression usitée : boire au goulot. À ne pas confondre avec goulet qui est l'entrée étroite d'un port ou d'une rade.

LE MONDE, LES ÉCHOS, LA TRIBUNE : Quotidiens français. Soit tu dois avoir un dico à proximité pour déchiffrer un article, soit tu t'en sers pour allumer un feu de cheminée.

LOCHES : Plots, roberts, nichons, nibards, nénés, mamelles, seins, glandes mammaires, étau... mais uniquement pour les branletas espagnolès.

MARCEL : Petit débardeur hyper sexy que les hommes arborent avec virilité durant l'été. Il laisse apparaître leurs épaules dénudées, et les poils de leur cou s'éclatent en plein air répondant au vibrato compulsif des poils aisselliens.

MARINGOUIN : Nom donné à une sorte de gros moustique pullulant au Canada en période estivale. À éviter ! Son pote le brûlot est à fuir de la même façon. Plus vicieux encore, celui-ci traverse la moustiquaire, laisse une brûlure rouge de plusieurs centimètres suivie d'une tache plus importante. En cas de doublé, la victime peut être intégrée dans la collection Pop Art du Guggenheim.

MENSONGES LAND : Pays merveilleux que se créent les humains, où tout est simple. Tu fais quelque chose, tu dis autre chose ; tu dis quelque chose, tu fais autre chose... Et tu prends tout ton monde pour une truffe. Alléluia !

MISSIONNAIRE : Étrange ce vocabulaire religieux adapté à une position d'accouplement... réservée aux humains... parce qu'on imagine mal madame Girafe se mettre sur le dos les pattes en l'air (en plus comme elles ne plient pas, elle ferait rire tous les zèbres) et monsieur Girafe s'activant au sommet. Le missionnaire donc est un prêtre chargé de propager sa religion ou son idéal. Alors messieurs, quel idéal tentez-vous donc de propager à travers cette position ? Nous saisissons bien le mode de propagation, mais je ne sens pas bien l'idéal... Sais pas pourquoi, mais je comprends mieux que les hommes ressentent comme une nécessité de multiplier les partenaires. En réalité, ils ne font que remplir le but grandiose que la nature leur a assigné : propager leurs idéaux sur des terra nova. De grands humanistes !

MONOCYTHE-DU-FOND-DU-GOUFFRE : Particule unicellulaire tentant de survivre au fond d'un abîme noir et généralement humide. Également syndrome de déprime chronique très répandu chez la femme.

MOULE-BOULES : Slip non kangourou, choisi deux tailles en dessous pour mettre en valeur le paquet.

PATTE-À-CUL : Selon la taille, le poids et le flux du sujet, la serviette varie en longueur, épaisseur ou largeur. Le panel s'étend de la couche Poïse à la plus récente innovation : le nana string. Explication. Une fois retirée de son étui en plastique, l'objet est déplié, la femme se positionne : jambes écartées et semi-fléchies, culotte enfilée jusqu'à mi-cuisse. 1) enlevage du scratch, 2) dépôt de la serviette sur la culotte, 3) remontage délicat. Attention ! Car la patte-à-cul colle mal, donc fort risque de repli et d'emprisonnement des poils pubiens dans la partie collante. Et là, on sait toutes que ça fait mal quand il faut décoller ! Une fois équipée, la femme peut vaquer à ses occupations. Cependant, la présence de l'objet se fait immédiatement… audible. Si la patte-à-cul est mal arrimée, risque de glissement sur le côté. Pour la formule string, très nette sensation de bouffer de la ouate et interrogations persistantes quant à la récupération du flux.

PRÉPUCE : Pré – Puce… Avant la puce.

— Est-ce que ça saute ?

— Tu crois que le mouvement vient de là ?

— Revenons à la définition : repli de peau qui entoure le gland de la verge… OK… C'est donc l'option col roulé… Mais dans ce cas, une partie de la population masculine en est dépourvue. Le mouvement perpétuel ne peut donc pas venir de là…

— Tu crois que ça vient de la cacahuète alors, comme le dit Jean-Claude Van Damme ?

— Oui, ce serait comme les horloges, ça compterait les temps, un, deux, trois… comme les métronomes…

— C'est pour ça qu'il y a « nhomme » dedans…

— Sans doute.

— Alors ça accélère avec la musique ?

— Ça, ça dépend de la partenaire puisque c'est elle qui chante : si tu te tapes une diva, c'est plus lent, mais c'est plus fort. La projection vocalo-buccale…

— Vocale ou buccale ?

— Ah… Si t'es passée en mode buccal, ce n'est plus le même mouvement, la mesure est battue sur le menton au lieu de l'être sur le périnée en mode conal ou anal. Et pour le mode lyonnais, les boules frappent le front.

— Mais là, tu tires ou tu pointes ?

— Je n'en sais rien… Bref, ça compte le temps… Mais tu crois qu'ils s'emmerdent ?

— Faudrait qu'on leur demande quand même.

PRIAPISME : Ça doit faire super mal ! Ils bandent non-stop. En plus ils doivent s'habiller en conséquence ce qui expliquerait peut-être le mauvais look des messieurs d'un certain âge…

RAIES-JOUIS : C'est pas donné à tout le monde !

RAMSÈS : Haut dignitaire égyptien pratiquant le bondage, mais seulement sur la fin.

RUT : Période d'activité sexuelle durant laquelle les animaux cherchent à s'accoupler, s'accompagnant de forts cris émis sur un ton de lamentations. Mesdames, si votre mari commence à gémir, c'est qu'il faut le purger !

SE POGNER LE BACON : Encore une fois nos amis québécois se sont surpassés avec cette expression signifiant littéralement « se tenir le gras ». En d'autres termes, ne pas en foutre une rame (forcément, puisque tu as les mains pleines !).

SOUS-TIF : Partie haute de l'équipement obligatoire pour toute femme, sa vie durant, à partir de douze ans. Selon une étude scientifique récente, le sein d'une coureuse de fond subit une pression égale à 3G en plein effort. Si t'entends PAFFFF ! ! ! à côté de toi, c'est que ta copine est passée à mach 1…

STRING : Il en existe plusieurs sortes. Tout d'abord le Tanga : culotte réduite, échancrée haut sur la hanche avec chemin de traverse de trois centimètres de large environ protégeant la roune ; le brésilien : même échancrure, réduction du chemin de traverse à un centimètre, la xoune est donc nettement moins protégée ; le string ficelle : seul un fil traverse ; sachant que la femme descend de l'escargot… La cordelette doit être souple sous peine de soumettre le clitoune au frottement très irritant de la couture ficelle-triangle-déco-avant. Dans ce cas l'artifice est aussi appelé éclate-clitoune. Certaines personnes s'étant plaintes de rupture de cordelette chounesque, les constructeurs ont désormais doublé la ficelle.

TABLIER DE SAPEUR : Voir *L'Origine du monde* de Gustave Courbet. No comment.

TAMPAX : Je ne peux pas résister à l'envie de vous donner un petit extrait de la notice d'utilisation. C'est un grand moment et je vous conseille d'aller regarder les dessins.

« Les Tampons sont confortables, hygiéniques et constituent une protection périodique fiable. Apprendre à les utiliser correctement demande un peu de pratique. La plupart des femmes ont besoin de plusieurs essais avant de savoir insérer confortablement et facilement un tampon.

Comment insérer votre tampon : prenez votre temps et détendez-vous. Ne soyez pas stressée quand vous utilisez un tampon. Adoptez une position confortable. Debout, genoux légèrement pliés est une façon confortable d'avoir facilement accès au vagin en ayant les muscles détendus. Si vous êtes tendue, vos muscles seront contractés. Alors détendez-vous en prenant quelques profondes inspirations »... La suite sur la notice.

THON : Gros poisson qu'il faut savoir ferrer pour pouvoir le remonter. Gros appétit. Réservé aux amateurs. Synonymes : boudin, cageot, bonite, laideron, mocheté, Marge (Simpson).

TRANSGOUTTATION : État provoqué par la nervosité, le stress, ou une activité physique importante, dans lequel les glandes sudoripares s'affolent. Une fine pluie de gouttelettes ruisselle le long du buste provoquant des auréoles sous les bras.

VINGT-CINQ CENTIMÈTRES : Prétentieux !

VIPS : Very Important Person, au pluriel.

Syn : VOICI : Vindicte Ostentatoire des Individus Coincés par l'Image ; Voyeurisme Occasionnel et Involontaire des Connétables Importants ; Villa Ouverte aux Intrus Caractérisés par l'Indécence ; Vedettes Opulentes Indignées Confessant leurs Inconstances.

VIVIER DE BEAUX-ÉNARQUES-SPORTIFS : Énarque, sportif, beau, je ne sais pas pourquoi, mais je doute qu'il s'agisse d'une association de mots très compatibles entre eux.

YEUX EN COUILLES D'HIRONDELLE : Pardon Richard (en plus je ne te connais même pas), mais t'as quand même les yeux méga rapprochés du nez, ce qui te donne l'air d'une hirondelle mâle vue de dos… en plein vol.

JE T'AIME : No comment.

REMERCIEMENTS

Pour nous réapprendre chaque jour la Vie, dans la plus grande des humilités, merci à vous Marie-Suzanne et Benoît, d'avoir supporté les saucisses-lentilles et les cassoulets en boîte, les hamburgers et les frites compilés ou encore les trajets à l'école en 24 m^3, durant ces longues journées d'écriture : on vous admire.

Dad pour ses bons conseils et Mum pour sa compréhension,

Pour leur fidélité : Ghislaine, Laurence, Michaël, Nathalie.

Pour leur confiance : Karina Hocine et Isabelle Laffont.

Pêle-mêle :

Pierre, Joe, les nains de Walt, les Platters, Dalida et Alain, Hervé, Patrick, Pepe Villa, Début de Soirée, Sabrina, Richard, les Forbans, Simon et les Modanais, Sainclar… et les grillons… tous ceux qui ont participé à la B.O.L.